崖っぷち貴族家の第三子息は、願わくば不労所得でウハウハしたい！

訳あり奴隷もチート回復魔法で治せば最高の働き手です

2

Masaaki Chidori
チドリ正明

illustration
つなかわ

リリ
フローラルに助けられた
奴隷の少女。掃除や料理など、
家事全般が得意。
ライチ
フローラルに助けられた
奴隷の獣人。無表情で
常にクールな元冒険者。
レレーナ
フローラルに助けられた
奴隷の少女。盲目ながら、
すべてを見通すかのような
雰囲気がある。
フローラル
ダーヴィッツ男爵家の三男。
父親の死後、なし崩し的に領主となった。
破産寸前の家を立て直すため、
様々な策を考える。
CHARACTERS

ミストレード侯爵
武力で他領地を
奪い取ってきた悪徳侯爵。
フローラルの父の代からの
因縁の相手。
イザベル
ミストレード軍の
指揮を執る参謀。
侯爵の命令のみを
淡々とこなす。
ベン
様々な知識を持つ
薬屋の元店主。
幼い見た目に反して
実はおじさん。

第一章　新たな商売

ハンズを撃退《げきたい》してから早数週間、ここ最近は非常に充実した日々を過ごしている。
ルーティーンとなったポーション作りをしながら、あまりにも忙《せわ》しない日々だったこの数ヶ月を、俺は軽く思い返していた。

前当主である父の死後、逃げるように婿《むこ》に出て行った二人の兄のせいで、世間知らずな三男のこの俺——フローラルがダーヴィッツ家の当主となった。当主の仕事など何一つ知らない俺が当主になった上に、父の散財《さんざい》が原因で、貴族でありながら金銭的な余裕など一切ない我が家。それに愛想《あいそ》を尽かし、忠義《ちゅうぎ》に厚い二人を除いて、全ての召使が辞《や》めていったのがまるで昨日の事のように思い出される。

そんな中、貯《た》めていたお小遣《こづか》いと唯一の特技である回復魔法《かいふくまほう》を頼りに、欠損奴隷《けっそんどれい》を治療して働いてもらうという一世一代《いっせいいちだい》の大勝負に出たわけだが……これがどういうわけか上手く運び、我がダーヴィッツ家は、再建の兆《きざ》しを見せている。迎え入れた三人の欠損奴隷は、メイドとして働いてくれているリリ、盲目ながら物の価値を見極《みきわ》められるレレーナ、元凄腕《すごうで》の冒険者のライチとそれぞれが優れた人材だった事が幸いだった。

更に幸運は続いた。俺が生まれるよりもずっと前から我が家に仕《つか》えてくれている執事《しつじ》のセバスチャンが密《ひそ》かに作り上げていた巨大な地下施設《ちかしせつ》の発見。独裁的《どくさいてき》な政治を行うミストレード領で弾圧《だんあつ》されていた人達を保護したら、それが土《つち》の民《たみ》と呼ばれる途轍《とてつ》もない魔法を使う事が出来る民族だった。などなど、予期しない幸運の連続に恵まれて、俺達は順調に前進している事は間違い無い。

土の民が築き上げた屋敷の裏地の発展は凄まじく、今では土造りの建造物《けんぞうぶつ》が幾つも建ち並んでいる。

彼らが魔法によって生産した大量の野菜の仕分け場所や、子供達の遊び場。土の民やライチ率いる冒険者組のトレーニングのための施設があるなど、それぞれ用途の異なる建物がずらりと並んでいる。

有能過ぎる彼らならば、俺如きに仕えなくても余裕で生きていけるんじゃない？　と、セバスチャンに言ったのだが……彼曰く、皆ここでの自由な暮らしに満足しているらしく、むしろ俺に感謝しているし、ここに留《とど》まりたいらしい。嬉しい限りだ。

俺はただ奴隷として彼らを購入して、少し働いてくれたらいいな、くらいにしか思っていなかったが、皆が皆優秀過ぎて、とてもありがたいくらいだ。

また、他にも良い事がある。

それはライチ達冒険者組の活躍《かつやく》だ。

俺がライチのトラウマを治療した数日後、彼女達はスモーラータウンの冒険者ギルドで冒険者登録を済ませていた。

現在のランクはD。

ランク的には、いわゆる、中堅冒険者に位置するらしいのだが、あまりのステップアップの速さに、ライチ自身も驚いていた。

おまけに稼いでくる額も中々のものだ。やはり、命を賭けた職業なだけはある。

「……順調過ぎて怖くなるな」

俺は厨房でポーションを作りながら、領主になってからこれまでの波乱の出来事を一気に振り返った。

同時に、貴族らしい自堕落な不労所得生活を送るためには、まだまだ我が領地の発展や全体の稼ぎが足りない事に気づく。

中々スムーズにダーヴィッツ家は再建の一途を辿っているが、やはり大きな懸念点がある。

それは、ミストレード侯爵の事だ。

まだ何かを仕掛けてきたわけではないが、必ずアクションを起こしてくると俺は踏んでいる。

だからこそ、仕掛けてくる前に何か対策を用意する必要がある。

「どうしようかな」

当主として恥ずかしい限りだが、何をすべきか全く思い浮かばなかった。

こういう時は他の人に頼るに限る。

「……完成。容器に移すか」

俺は完成したポーションを丁寧《ていねい》に小瓶の中に注《そそ》ぎ入れていく。

その数、およそ百。製造自体は水に回復魔法を付与《ふよ》するだけなので、ものの数秒で終わるのだが、瓶の中に注ぐ作業に思いのほか時間を取られてしまう。

こればかりは仕方がない。

「これでよし……っと」

並べた百個の小瓶の中には、美しい緑色の液体が注がれていた。

俺は慣れてきた事もあって、この程度の作業ならば数十分で終わらせられるようになった。今はかなりの備蓄《びちく》があるので、一度に大量に作る必要もなく、時間を持て余す事もしばしばだ。

つまりどういう事かというと、ポーションと野菜を販売するだけの暮らしに少し飽きてきたという事だ。

同じ商売ばかり続けるのも悪くないが、第二、第三の矢を準備しておくのが不労所得への最短ルートである。

そろそろ新たな商売を始めてみるか。

でも、何をしようか……行き当たりばったり過ぎて、今回もいつも通り何も閃《ひらめ》いていないのが現実だ。

今のところ、ミストレード侯爵が攻め入ってくるような気配は無いので、対策を講じつつも商売の方にも力を入れておきたい。

「そう言えば、昨日ライチが言っていたな……」

昨夜、俺は珍しくライチと二人で夕食を取ったのだが、その際に彼女がちらっと話していた内容を思い出した。

『フーくん、泥臭く見える冒険者もおしゃれをしたい時があるんです！　特に女の子はいつでも自分磨きをするものなんですよ！　まあ、皆そういうのには疎《うと》いので、買う事自体のハードルが高いんですけどね』

普段は子供じみていながらも、俺達以外の前ではクールなライチが、そう熱弁していた。

冒険者……おしゃれ、ファッションアクセサリー……うん。いいな。需要がありそうだ。

思い立ったが吉日。俺はそそくさと小瓶を片付けて厨房を後にすると、毎度の事ながら頼りになる青髪の少女の元へと向かった。

「……というわけで、レレーナ。俺に知恵を貸してくれ」

レレーナの部屋にやってきた俺は、かつて父が使用していた高級な椅子に腰を据えながら彼女にわけを説明した。

散らかっていたはずのデスク周りはいつの間にか整頓されているし、部屋の雰囲気も単なる書斎ではなくなっている。

宝石や鉱石、様々な魔道具《まどうぐ》や貴重なドロップアイテムなどが所狭しと並べられており、知識人からすればお宝の山に違いない。

「それは別にいいけど、ファッション用のアクセサリーでお金を稼《かせ》ぐのは難しいと思う」

足を崩して床に座り、手元でお宝の仕分けをしながら、レレーナはそう口にした。

ちなみに、未だ目の治療はしていないので、目元には黒い布が巻かれたままである。

「確かにな。でも、正直、俺達みたいなしがない貴族が生き残っていくためには、色々と試していった方がいいと思うんだよな」

「それはそう。でも、ファッション用のアクセサリーかぁ……良品なら単価を高く設定出来るし、顧客《こきゃく》を裕福な層に絞りやすいから悪くないけど、私達はそんな高価な物を作れないと思う」

俺の言い分に対して理解を示しつつも、レレーナは早々に現実味のある問題を提示した。

確かに彼女の言う通りだ。

俺はもちろんの事、この屋敷や裏手の地下に住まう全員がそんな高品質な物を作れない。土の民に頼めば土を原料にそれっぽい物は製作可能だろうが、土製のアクセサリーを売るわけにもいかない。

自然の香りがするし、ネックレスなら汗と混じって首が汚れるのが目に見えている。

だが、別に高品質な物である必要は全く無いような気がする。

「今回のターゲットは冒険者だ。ライチによると、冒険者はファッションとかアクセサリーとかおしゃれに疎いらしいから、低品質であろうとシンプルなデザインで誰でも身につけられるようなアクセサリーを量産出来れば、かなり需要が見込めるぞ」

第一線で冒険者をしてきたライチの言葉に間違いはない。貴族や商人、成金にターゲットを絞ったレレーナの言うようなお宝販売会とは趣向を変えた方がいい。幅広い層に様々な物を展開した方が、どれか一つのビジネスが上手くいかなくなったとしても総崩れにならない。

「……それならありかも。例えば、こんなのは？」

「これって……」

レレーナは自身の胸元から、小さなリングを取り出して手渡してきた。

そのリングには小さな美しい宝石が嵌め込まれている。それはレレーナの髪色と同じく、深い青色をしており、どこかで見た覚えがあるような気がした。

「これは私が初めてフローラルと会って話した時、この部屋で私にプレゼントしてくれた水晶……を、リングの台座に据えた。覚えてない？」

「あー、あれか！　どこかで見た事があると思ったら、前よりも一段と綺麗になってるな！」

レレーナに言われて思い出した。

これは魔力を含有《がんゆう》したドラゴンの排泄物《はいせつぶつ》だった気がする。とはいえ、見た目は水晶のようで、鑑《かん》賞用《しょうよう》としての人気はかなり高いと言っていたな。

「これを指に嵌《は》めると何か効果があるのか？」

俺は青い水晶がついたリングを右手の人差し指に嵌めてみた。

「特に無い。これはただのアクセサリー。でも、見た目はかなり良いでしょ？」

「高級品に見えるな」

「うん。リングのシャンク部分とペンダントは山ほどあるから、後は台座に据える宝石とペンダントトップさえあれば、簡単に量産可能」

レレーナはベッドの下のスペースから大きな箱を引き摺《ず》り出して中を見せてきた。

箱の中には、どこから持ってきたのか、大量のシャンクとペンダントが詰め込まれていた。どちらも銅製で錆も見受けられるが、手入れをすればどうにかなりそうだ。

ちなみに、シャンクというのはリングの指を入れる本体部分の事で、ペンダントトップはペンダントの先についている装飾の事を指す。

「こんなにたくさん……これも父上のへそくりか？」

「へそくりというより、贋作《がんさく》製作用だったのかも」

俺は呆《あき》れて何も言えない。

確かになんの装飾も施されておらず、アクセサリーとして加工される前の物がこれだけあるのは不自然だもんな。

「……これ、全部貰ってもいいか？」

「うん。持っていっていいよ」

「まずは表面の錆をとって魔力でコーティングしてみるよ。なんとなく綺麗になりそうだな」

「艶感《つやかん》も出るし耐久力も上がるから冒険者向けのアクセサリーにぴったりだと思う」

「よしよし……早速やってみるか」

俺はアクセサリーを作った後のビジョンについては鮮明に見えているので、まずは作るまでの過程を乗り越えなければならない。

些《いささ》か不安はあるが、とりあえず一人でやってみるとしよう。装飾品がなくてもピカピカにしたら普通に売れそうだ。

「無理はしないでね」

「ああ、レレーナもな」

俺が微笑《ほほえ》みかけると、レレーナは嬉しそうに首肯《しゅこう》した。

同時に開け放たれている窓から心地よい風が吹き抜け、彼女の青い髪を揺らした。

今日はいい天気だな。

「またな」

俺は重たい箱を全力で持ち上げると、足元に転がる鉱石や魔道具などを避けながら歩いていき、静かに部屋を後にした。

そして、その足で厨房へと向かう。

楽をして生きたい。そして、不労所得を目指す俺からすれば、もっと効率的に物事を進めたいのが本音だ。だが、何事も準備をしっかりする事が成功への近道だと自らに言い聞かせ、早速アクセサリーの製作に取りかかる。

「さて、とりあえずポーション漬けにしてみようか」

回復魔法は対象を良好な状態にする魔法である。それと同じ効果を持つポーションに漬ければ、錆びた状態から本来の綺麗な状態に戻ってくれるのではないか。回復魔法を物に使った事はないが、やってみる価値はあるだろう。

俺は物は試しと言わんばかりに、ペンダントとシャンクを一つずつ手に取ると、水を注いだ適当な容器の中にそれらを投入した。

そして、ポーション作りと同じ要領で、容器の水に回復魔法をかけてみる。

「……いいのかな、これで」

俺は不安になりながらも容器の中を確認してみた。

水の色は……いつもは緑色だが、今回ばかりは錆混じりでやや濁りがある。

茶色い油膜のようなものも浮いてきていて、飲めるようなポーションではない。ただ、よくよく見るとシャンクとペンダントに纏《まと》わりついていた錆がぺりぺりと剥《は》がれていっているのが分かる。

「どれどれ……」

俺は試しに、濁ったポーションの中からペンダントを取り出して、綺麗な水ですすいでみた。

すると、先ほどまで茶色く錆びていたペンダントが明るい輝きを取り戻していた。

おまけに表面が少しばかりツルッとした仕上がりになって、俺の目論見《もくろみ》通り、装飾が無くとも普通に売れそうなレベルになった。

だが、もう少し綺麗にしたい。漬け置きの時間を長くしてみようか。

「よしよし！」

ポーション漬けが見事に功を奏したので、俺は大胆にも箱の中の全てのペンダントとシャンクを大鍋に移して、先ほどと同様の作業を始めた。

大鍋の中のシャンクとペンダントがひたひたになるまで水を注ぎ、回復魔法をかけていく。今回は気合を入れて魔力の量もやや多めに。

量も多いから漬け置きする時間はよりしっかりと確保した方が良さそうだな。

「ふぅ……」

俺は大鍋に蓋《ふた》をした。

これで、とりあえずアクセサリー販売への第一歩は踏み出す事が出来た。

ただ、他にもまだまだ色々とやる事があるので、こんなところで休んでいられない。

「何をしているのですか？」

一通りの作業を終えて息をついていると、いつの間にか隣にライチが来ていた。

彼女は蓋がされた大鍋と俺の顔を交互に見やっている。

「今後の商売のために試行錯誤《しこうさくご》してたんだよ。ライチこそ、どうしてここに？」

「ボクはフーくんの事を探していたんです。ポーションの事で相談がありまして」

ライチは腰元の麻袋からポーションの小瓶を取り出した。

今日は冒険帰りなのか軽鎧《けいがい》を装備して、錆まみれの長剣も携帯している。

「ポーションの事？　何か問題でもあったか？」

「問題は何もありません」

「じゃあ、なんだ？」

「簡単に言うと、ポーションとしての効果もあり、栄養価も高い特殊なポーションを製造して欲しいのです」

「……あー、回復だけじゃなくて携行食としても使えるポーションを別で作るって事か？」

「そうです。今の言葉だけでよく分かりましたね」

「まあな」

ライチは感心した様子だったが、考えれば容易に分かる事だ。

冒険者はモンスターと戦う事で心身ともに疲弊《ひへい》し、時には命の危険にも晒される。

そして、野営時は食事中も周囲に気を配り、常に気を張り詰めていなければならない。

悠長《ゆうちょう》に食事を取る暇などないのだ。

つまり、冒険者が気軽に栄養を摂取《せっしゅ》出来る特殊なポーションが欲しいという事である。

「可能ですかね？」

「んー、そうだなぁ……」

俺は腕を組み、ライチが手に持つポーションを見ながら考える。

いつものポーションは、無心で水に回復魔法を付与しただけの液体に過ぎないが、効果は絶大だ。

ただ、冒険者が気兼ねなく栄養を摂取出来て尚且《なおか》つポーションの効果も落とさない代物を作るとなると、中々に作業は大変そうだ。

おまけに味が大きく変容したら、このポーションの隠れた利点であるほのかなリンゴ味が消えてしまう。

それは大いに問題だ。

「あの、今の話は先日野営中にモンスターから襲われた時に思いついただけなので、厳しいようであれば忘れてください……」

俺がじっと黙り込んでいると、ライチはかなり残念そうな顔つきで俯《うつむ》いてしまった。尻尾《しっぽ》と耳もぺたんと垂れている。

そんな顔をされたら考えざるを得なくなる。

それに、せっかく冒険に出てくれて、俺達のために大金を稼いできてくれるのだから、出来る限りの事はしてあげたい。

何か方法を考えてみるか。

通常のポーションについては未だ我が領地以外には配布していない状態だし、どうせなら今回の冒険者向けポーションと併せて各地へ販売してみるのもありだろう。

ついでに、冒険者向けのアクセサリー販売も開始し、ポーションとの相乗効果で莫大《ばくだい》な利益を上げちゃったりして……

　よし、そうと決まれば、行動開始だ。

　リンゴ味を殺さずに、むしろ味わい深く飲みやすくするには、栄養価の高い様々な果実、あるいは似たような食材を混ぜ合わせるのが良さそうだ。

「この話は俺の方で預からせてもらう。何か進展があったらまた声をかけるよ」

「ほ、ほんとですか？」

　ライチはパァッと花の咲いたような明るい表情だった。

　こちらに距離を詰めて前傾姿勢になっている。

「ああ、俺に任せてくれ」

「さすがはフーくんです！　困った事があったらなんでも言ってくださいっ！　ボクに出来る事なら全力でサポートするので！」

　俺が胸を張って強気にそう宣言すると、ライチはぴょんぴょん跳ねながら走り去っていった。

　本当に嬉しいようだ。

　それほどまでに冒険中の栄養摂取とは、大切な要素の一つなのだろう。

　食事すらまともに取れない環境なんて、貴族の三男坊としてぬくぬく育った俺には想像も出来ないがな。

「それじゃあ、裏の農地に行くか」

味わい深くて栄養素が高く、尚且つポーションとしての効力を残すためには、土の民の力を借りるしかない。

俺は軽く体を伸ばしながら厨房を後にした。


「えっさぁぁぁぁぁぁあああぁぁっっ!!」

「ほいさああああぁぁぁーー!」

「そりゃぁぁああぁぁああぁぁーーーーーー!」

晴れ渡る空の下。

相変わらずと言うべきか、裏の農地には地鳴りのような男達のかけ声が響き渡り、土の中では物凄い速度で野菜が育っていく。

見慣れた光景と言うとちょっと異様に思えるが、最近では当たり前の光景となった。彼らのおかげで我が領地の食糧事情と懐の寒さが改善されたので感謝しかない。

そして、今日からまた新たな作物を栽培してもらう事になるので、一層気合を入れてくれると非常に助かる。

「えーっと、ゴロンガは……いなさそうだな。セバスチャンも不在か」

俺は農地に向かって歩みを進めながら辺りを見回したが、二人の姿が見当たらなかった。

ゴロンガはベンと二人で野菜販売とポーションの配布に行っているのだろうか。

セバスチャンはきっと地下の自室で作業でもしているのだろう。

まあいいや。土の民の皆と直接のコミュニケーションはあまりした事がないが、今回は俺が勝手に指示を出させてもらおう。

「なあ、ちょっといいか」

俺は近くにいた土の民の青年に声をかけた。今は休憩中なのか、額にいい汗をかいて清々しい顔つきになっている。

見た感じ、歳の頃は俺と近いはずだ。

「ん……あ、あぁぁ、あぁぁ、ぁぁぁ……フ、フフフフ、フローラル様ぁぁっ！」

土の民の青年は俺の姿を見るや否や、わなわなと震えて尻餅《しりもち》をつき、顔を青ざめさせて声を震わせた。

「……少し聞きたい事とお願いがあったんだが……」

「な、なななな、なんでございましょう!?」

俺が膝を曲げて視線を交わすと、土の民の青年は地面の上で正座をして頭を下げた。

おまけに声を張り上げる始末。

おかげで他の土の民も皆一様に作業の手を止めてしまい、こちらに体ごと向いてピンと背筋を伸ばしていた。

セバスチャンが施した教育とやらの影響だろうか。言葉や態度では怯えているように思えたが、皆の俺の事を見る目がキラキラと光っている。

「あー、わざわざ作業を止めてしまって申し訳ない。今日はセバスチャンもゴロンガもいなかったもんだから、俺から直接頼み事をしてもいいか？」

「「「喜んでっ！」」」

老若男女、余す事なく全員が呼応した。

わざわざこういう態度に驚くのにも疲れたし、こっちも堂々と臨むとしよう。

「君達は野菜以外に果物を栽培出来たりするか？　例えば、リンゴとかみかんとか……なんでもいい」

「「「出来ますっ！」」」

「本当か！　じゃあ、野菜の栽培と合わせて、出来うる限り多くの果物を栽培して欲しい」

「「「かしこまりましたっ！」」」

「まずはそこの大きい荷台がいっぱいになるくらいの量を作ってみてくれ。また明日顔を出す」

俺はすぐそばにあった空っぽの荷車を指差した。

野菜を作るペースから推測するに、これくらいなら一日足らずで終わってしまいそうだ。

「「「はいっ！」」」

土の民達は一糸乱れぬ返事をすると、すぐさま作業を開始した。

見たところ、作業内容としては野菜を作る時と変わらない気がするが、きっと彼らなりのやり方があるのだろう。

「さてさて、どうなるかなぁ」

俺は踵《きびす》を返して屋敷の方へと歩きながら思考する。

最近分かったのだが、土の民が作る野菜の栄養価は、市場に出回る野菜に比べて非常に高い。

俺は食べているだけで前よりも疲れを感じにくくなったし、セバスチャンやメアリーなんかは肌《はだ》艶《つや》が良くなったと喜んでいた。

また、リリに関しては髪がサラサラになったらしく、朝食を食べる時は毎回自慢してくる。

とにかく、彼らが作る野菜は凄いのだ。

となると必然的に果物も凄いという事になる。

そんな野菜と果物を、完璧なポーションに混ぜ合わせれば……想像を絶する程の万能なポーションの完成だ。

体力や魔力の回復が出来て、尚且つ栄養も摂取出来るなんて破格《はかく》の性能である。

「ふふふ……楽しみだな」

俺は今後の大きな利益を想像し思わず笑みをこぼした。

今日のうちにやれる事はやった。後は野菜と果物を、液体と混ぜ合わせるための道具が必要だな。

それも、のどごしよく飲めるくらい野菜と果物を細かく出来るやつだ。

調理器具に詳しいのはメアリーとリリだろうな。

どちらかに話を聞いてみるとしよう。

そんな都合の良い調理器具があればいいのだが……


屋敷の大扉を開けて中に入ると、広間で掃き掃除をしているリリの姿を発見した。

リリは、るんるん気分で鼻唄を口ずさみながら、リズミカルに箒を振るっている。

そのせいで足元には僅かな埃が舞うだけで、掃除はほとんど出来ていない。

普段の彼女はもっと真面目に仕事をしているのだが、今日はどうしたのだろうか。

「リリ、何か嬉しい事でもあったのか？」

俺はリリに近寄り声をかける。

すると、彼女は飼い主を見つけた子犬のようにぱたぱたと走って近寄ってきた。

「あー！　ご主人様ぁ！」

「随分《ずいぶん》と機嫌《きげん》がいいみたいだな」

「聞いて聞いて！　明日、メアリーさんが街に連れていってくれるの！」

リリは謎の足捌《あしさば》きで喜びの気持ちを露《あら》わにしていた。誰が見ても明らかなほど気分が高揚している。

前回街に行った時もかなり楽しんでいたみたいだしな。

「良かったじゃないか」

「うんうん！　いつも頑張ってるご褒美《ほうび》だって。お洋服も買って、街のお外を一緒にお散歩してくれるって話だし、もう楽しみで楽しみで……掃除どころじゃないよっ！」

「いや、掃除はしてくれ」

「ほどほどに頑張るよ～。それで、ご主人様はどうしてここにいるの？　外から来たって事は、何か用事でも済ませてきたの？」

「まあな。ちょうどリリを探していたんだ」

「私を？」

リリはこてんと首を傾《かし》げて自身の事を指差した。

「ああ。一つ聞きたかったんだが、野菜や果物みたいな固形の物を粉々にしたり、果汁を搾って抽《ちゅう》出《しゅつ》出来るような便利な調理器具ってあったりするか？」

「ないない」

俺が持つ期待とは裏腹に、リリは間《かん》髪《はつ》容《い》れずに首を横に振った。

「やっぱり？」

「うん。私も街で買った果物をジュースにしたいなぁって思って、厨房の中を探してみたんだけどなかったよ。何か作るの？」

「例のポーションに栄養価を追加したいってライチから頼まれててな。それなら土の民が作る野菜と果物がいいんじゃないかって思ったんだが……難しそうだな」

俺は残念そうにするライチの姿を頭に思い浮かべた。冒険における最優先事項ではないのかもしれないが、やはり常に危険と隣り合わせという面を踏まえると、なんとかしてやりたいものだ。

「うーん……レレーナにも聞いてみたけど、あの書斎には無いって言ってたし……そういう調理器具は売られてはいるみたいだけど、かなりお高いみたい。それに、ご主人様のお父様ってお宝とかは別として、多分そういうのに興味なかったでしょ？」

「そうだな。でも、残念だなぁ。それさえあれば一歩前進出来たのに」

俺はこのダーヴィッツ家を立て直して、貴族らしく自堕落な生活を送りたいのだ。

まあ、それはまだまだ先の話になりそうだが。

「よく分からないけど、明日街に行った時に露店で見てこよっか？」

「ついでで良いから見てくれると助かる。くれぐれも騙されて変な物は買わされるなよ？」

スモーラータウンにそんな高価なモノが売っているのかという疑問は置いておいて、とりあえずついでに見てもらう事にする。

「リリちゃんに任せなさい！　メアリーさんも一緒だしだいじょーぶ！」

俺が目を細めて疑いの視線を向けると、リリは胸を張って自信ありげに胸を叩く。

しかし、そんな彼女の背後には、鬼の形相《ぎょうそう》のメイド長、メアリーが佇《たたず》んでいた。長話をしていたツケが回ってきたようだ。

「……リリ、こんなところでサボっていたのですか。ワタシは早く食堂に来るように言いましたよね？」

「ギクっ！　あ、あははは……ご主人様ぁ、私、急用が出来たからもう行くね～……」

リリはメアリーに首根っこを掴《つか》まれて引き摺られていった。

もう夕方になるし、そろそろ食事の用意をする時間か。

今日のところは早めに休んで、明日の朝になったら裏の農地に顔を出すか。

多分、大量の野菜と果物が山のように積み上がっている事だろうしな。

朝起きて、俺は昨日と同じく裏の農地に足を運んだのだが、予想だにしない光景を目にして呆然と立ち尽くしていた。

「えーっと……誰か説明してくれ。この果物の山はなんだ？」

「はいっ！　こちらはフローラル様が仰《おお》せだった果物でございます！　思いのほか作業が捗《はかど》ってしまい、少しばかり作り過ぎてしまった次第であります！」

少しで済むような量じゃねぇぞ。

高さ五メートルくらいの果物の山なんて初めて見た。

比喩《ひゆ》ではなく本当に小さな山のようになっている。

頂上に見えるリンゴやみかんなどの丸い形状の果物は、少し風が吹いたり衝撃が加わったりすると、コロコロと麓《ふもと》まで転がってきてしまうくらいだ。

「……素晴らしいな。ありがとう」

俺は土の民がストレスに弱いという特性を考慮して、特に苦言を呈さず褒める事にした。

まぁ、多い分にはいいだろう。野菜と同じく街の人々に販売すればいい。

「「「あ、ああ、有難きお言葉ッ！」」」

もう何度目だろうか。土の民は今日も今日とて大仰《おおぎょう》な反応を見せた。その表情は恍惚《こうこつ》に満ちていて、俺が発した一言一句に酔いしれているように見える。

「……少しだけ貰っていってもいいか？」

「「「どーぞ！」」」

「余った分はセバスチャンに頼んで、地下のパントリーで保管してもらうか、メアリーかリリにお裾《すそ》分けしてやってくれ」

俺は持参していた麻袋の中に数種類の果物を詰め込みながら適当な指示を出した。

多過ぎる果物に唖然としたが、これだけあれば野菜と一緒に販売出来るので非常に助かるのも事実だ。

「じゃあ、これからも頼んだぞ。作り過ぎには注意してくれよ？」

俺は一通り麻袋の中に果物を詰め込み終えると、生き生きとした土の民に言葉をかけて裏の農地を後にした。

何種類の果物があるのか数えていないが、量的にはこれで十分だろう。きっと野菜と同じく高い栄養価だと思うし、存分に活用させてもらう。

と言っても、これらをポーションの中に上手く混ぜ合わせる方法についてはまだ思い浮かんでいないのだが……

「どうしたものか……」

俺は考え込みながら裏の農地から屋敷へと続く道を進む。

すると、前方から荷車を引くゴロンガの姿が見えた。

禍々《まがまが》しい装飾が施された荷車にはベンが乗っている。

荷車は空になっている事から、ポーションの配布と野菜の販売を終えて意気揚々と帰還したのだと分かるが、こちらには気がついていないようだ。

二人と話してアイディアを得てみるのもありだな。

「ゴロンガ、ベン」

「んぁ？　旦那ぁ、こんなところで何やってんだべ？」

俺が近寄り名前を呼ぶと、ゴロンガが優しい声色で尋ねてくる。

彼の隣にいる相棒のベンも、少年のような純真無垢な顔つきでこちらを見上げている。

まあ、実際は少年じゃなくて四十二歳の中年なのだが。

「たまたま見かけたからちょっと相談してみようかなって思ったんだよ。それにしても、二人とも、すっかり仲良しコンビだな」

「ゴローは頭も要領も悪くて究極の不器用なのですが、人を寄せ付ける力や物の運搬速度に限ってはかなり役に立つので、僕も手伝い甲斐《がい》があります」

ベンは最初はゴロンガさんと呼んでいたはずだが、共にポーションと野菜を売る中で、愛称で呼ぶようになったようだな。

「間違ってねぇけんども、酷い言い様だべ……」

一人はサディスティックな笑みを浮かべ、もう一人はやれやれと溜め息を吐く。

この二人はなんだかんだ上手くやっているらしい。

「ポーションの配布と野菜の販売は順調か？」

俺は本題に入る前に一つ気になっていた事を真っ先に尋ねる。

「野菜販売は順調です。ただ、今後ポーションを販売するとなると心配な部分もあります」

「心配な部分？」

「はい。大量生産が可能で尚且つ効力が異様に高いのに、安価過ぎる値段設定にしてしまうと、そのせいで怪しんで買ってくれない事が予想されます。だからといって、効力に見合った値段にすれば、あまりの高額に買い手がつかなくなってしまうでしょう。ライチさんともお話しさせていただきましたが、やはり領地外での販売を目指すなら、それなりにネームバリューを持たせるか、違った角度からのアピールは欠かせないかと」

「んだんだ。スモーラータウンの住民は別として、外からきて街に滞在している冒険者の人に無償で配ってる時なんかは、毒でも入ってんじゃねぇかって何度も問い詰められただよ」

ベンは冷静に俯瞰《ふかん》した分析を、ゴロンガは自身の肌で感じた事をそれぞれ教えてくれた。

「大丈夫か？　おかしな事はされなかったか？」

俺は震えるゴロンガから視線を逸らしてベンに聞いた。

「ゴローはビビリなのでこの有様ですが、実害は一切無いので問題ありません。そもそも、ライチさん達の名前と実力が街に知れ渡っているおかげで、外から来た冒険者が街の中で無闇《むやみ》矢鱈《やたら》に手を出してきたりはしませんよ。それに、荷車もこんな見た目ですからねぇ……これは知る人ぞ知るモンスターの部位だと伺いましたし、そうそう危険な目に遭う事は無いでしょう」

ベンは荷車から飛び降りると、怯えるゴロンガを一瞥《いちべつ》した。

「まあ……確かに、俺が客だったら少し怪しむかもしれないな」

小さな体の中に秘めた強い心と落ち着いた振る舞いは目を見張るものがある。やはり、ゴロンガとコンビを組んでもらったのは正解だったな。

ゴロンガは見た目こそ威圧感があるが、表情は凛々《りり》しくも優しく、溢《あふ》れ出る愛嬌《あいきょう》と雰囲気は色々な人を寄せ付ける。逆にベンはゴロンガのような愛嬌の良さは持っていないが、その冷静さと豊富な知識を用いて、顧客からの信用度を高めてくれる。

内情を知る俺からすれば、まさに最高の凸凹《でこぼこ》コンビなのだが、ポーション購入を検討する人から見れば怪しく映る事もあるかもしれない。

いきなり現れた謎の二人組が高品質なポーションを安価で売り歩いていたら、信用に足らないのも頷《うなず》ける。

ベンの言う通り、どうにかしてポーションそのものにネームバリューを持たせる必要がありそうだ。

「ところで……旦那が手に持ってるそれの中には何が入ってんだべか？　お金ではなさそうだけんども」

「これは土の民の皆に作ってもらった果物だよ。野菜販売と併せて売ったり……後は、野菜とか果物をポーションに混ぜ合わせたりしてみようかなって考えているんだ」

俺は不思議そうな面持ちのゴロンガに見せつけるようにして、麻袋の中から果物を一つ取り出した。

真っ赤で艶やかな拳《こぶし》サイズのリンゴだ。

「んへぇ～……なんのためだべ？」

「ゴロー、土の民の皆さんが作っている野菜は栄養たっぷりなので、おそらくポーションに混ぜ合わせるのはその効果を得るためだと思いますよ」

「正解だ、ベン。でもまあ、混ぜ合わせる方法なんて思いついてないんだけどな……二人に相談したかったのはその方法についてで、何か思いつかないか？」

賢いベンと独特な発想をするゴロンガに聞けば、何か着想を得られるかもしれない。

「……オイラ、一つ思いついただよ！」

ゴロンガは俺の期待通りにハッと何かを閃いたようだ。

「なんだ？」

「果物を手のひらで握り込んで、少しだけ力を入れて……こうするべ！」

尋ねた俺の手からおもむろにリンゴを奪い取ったゴロンガは、なんの気なしにリンゴを握ったかと思いきや、力を込めて一瞬にしてリンゴを粉砕した。

彼の握られた拳からはリンゴの果汁が滴り落ちており、確かに果汁の抽出という意味では成功していた。

しかし、誰しもがその技を出来るわけがなく……

「よし、ベンは何か思いつくか？」

「ダメだったべ⁉」

ゴロンガはショックを受けたように声を大にしていたが、俺は一瞥するに留めてベンに視線を移す。

「うーん……すみません。僕は薬屋の端くれだったのに、そもそもポーション自体に栄養価を持たせるという発想がなかったので何も思いつきません」

「謝る必要は無い。ちなみに、ゴロンガに一つ聞きたかったんだが、土の民は果物も食べるのか？」

「いんや、皆は野菜しか食べないべ。でも、オイラは果物でも肉でも魚でもなんでも食うけんども……う、うまいべぇ……っ！」

ゴロンガは粉砕して拳の中に残ったリンゴを口に運びながら答える。

忘れていた。こいつは土の民の中でも異質な存在だったんだ。

「そうかそうか。じゃあ、幾つか果物をあげるから食べてみてくれ。どれが一番美味しかったか今度感想を聞かせてくれると助かる。それを参考にポーションの味を決めてみるよ」

俺は麻袋の中から適当な果物を幾つか取り出すと、ゴロンガとベンに向かって投げ渡した。

俺達は普段から街で仕入れた果物は食事の際に口にしているが、土の民が作った果物を食べるのはもちろん初めてだ。

まずは味を知る必要がある。どうせうまいんだろうけどな。

「そう言えば、二人はミストレード侯爵について、何か妙な噂とか聞かなかったか？」

ポーションについても考えるべきだったが、ダーヴィッツ領の将来を思うなら、今優先して考えるべき事項はこちらになる。

「うぅーん、オイラは特に聞いてないだよ」

「僕は少しだけ聞きましたよ。なんて事のない内容ですけど、侯爵様が軍を率いて近いうちにどこかへ攻め入るとかなんとか……全くうちには関係なさそうでしたけどねー」

ベンはあっけらかんとした軽い口調で笑いながら言ったが、俺はその言葉に引っ掛かりを覚えた。

「もう少し詳しく聞かせてもらえるか？」

「いやぁ、全部風の噂程度の話ですけど、なんでも、気に入らない相手がいるみたいですよ。ミストレード侯爵様はかなりの傍若無人《ぼうじゃくぶじん》で有名みたいですし、きっと周りが騒ぎ立てているだけだと思いますがね」

「分かった。となると……攻め入ってくる日は近いというわけか」

「ん？　攻め入ってくるって……まさか！　そんな事がありえるべ!?」

　俺が手を止めてポツリと言葉をこぼすと、ゴロンガはハッと何かに気がついて声を大にした。

　ピクピクと交互に胸の筋肉を動かしている。

「そうだ。ミストレード侯爵の標的は俺達だ。オリハルコンの水晶を奪った俺達を憎んでいるんだ。ついこの間まであの領地に住んでいただけあって、ゴロンガは察しがいいな」

「え？　ちょっと待ってください。ダーヴィッツ領のような小さな領地がミストレード領のような規模の大きい領地から攻め入られたら、さすがにひとたまりもないのでは？　それに、ゴローがあそこに住んでいたって……」

　ベンは動揺を隠す事なく俺とゴロンガの顔を交互に見やった。

　まだ彼はゴロンガと相棒になってから日が浅いので、俺達の内情についてはそれほど詳しくない。

「そこら辺の詳しい事情はゴロンガに直接聞いてくれ。とにかく、どうにかしてもっと情報を集めないといけないな」

「そんなら、オイラとベンが直接ミストレード領に行ってくるだよ！」

ゴロンガは強気な態度で自身の胸をドンッと叩くと、白い歯を光らせながら笑みを浮かべた。

「大丈夫なのか？」

俺は確認として聞き返す。

自身や仲間の土の民が閉鎖的《へいさてき》で悲惨な暮らしを強いられていた場所には行きたくないはずだが、本当に問題ないのだろうか。

俺なら嫌な思いをした場所に志願して行くなんて真っ平ごめんだ。

「問題ないべ。野菜の販売をしながら情報を集めるだよ！　気に食わない侯爵の好き勝手にはさせないべ！　ベンもそれでいいだか？」

「うーん……でも、ミストレード領まではそれなりに距離があるし、向こうで集めた情報をこちらに伝達する術《すべ》が無いですよね？」

「確かに……どうにか離れた距離でも連絡を取れる手段があればいいんだけんども……」

ゴロンガとベンは唸り声を上げながら腕を組んだ。

向こうの領地に行ってもらったところで、情報共有する手段がなければ対策が間に合わなくなってしまうかもしれない。

手紙だと緊急を要する情報を知らせるには遅過ぎる。

「ゴロンガの言う通りだな。よし、分かった。俺はその辺りの連絡を取れる手段についてどうにかならないか確認してみるから、また明日ここに集合してくれ」

俺は二人にそれだけを告げると屋敷の中へ戻った。

もしかすると、遠方からでも連絡を取り合える手段が見つかるかもしれない。

鉱石や貴重な宝石などが眠るあそこなら、相応しい魔道具があるかもしれない。


ついこの前に続いて、俺は再びレレーナの元へ顔を出していた。

やはり、魔道具関係の知識を得るなら彼女に頼るのが最善なのだ。

「忙しいだろうに悪いな」

「ううん、大丈夫」

レレーナはベッドに腰掛けながら足をぶらぶらさせていた。小柄だからか床に足はついていない。

「それで、遠くからでも連絡が取れる魔道具……だっけ？」

「都合よくそんな便利な魔道具とかあったりしないか？　急用が出来たからあれば欲しいんだけど……」

俺は向かいに座るレレーナに尋ねる。

淡い期待になるが、彼女なら何か知っていてもおかしくはない。

「ある」

「本当か!?」

「うん。待ってて」

レレーナは迷いのない足取りで部屋の隅へ向かうと、そこに積み重ねられていた鉱石の山を掻き分け始めた。

お宝が多過ぎるあまり物一つを探し出すのも、少しばかり時間がかかるらしい。

というわけで、レレーナが鉱石の山の中を捜索している間、俺は部屋の中を見て暇を潰《つぶ》す事にした。

「あ、オリハルコンの水晶……ここにあるのか」

土の民がミストレード侯爵に強奪されそうになった例のお宝だ。ゴロンガから受け取った後はレレーナに預けていたが、大事に保管してくれているようだ。

元々はゴロンガ達土の民の物だし、一段落したら返還しないといけないな。

そんな事を俺が一人考えていると、レレーナは手には何も持たずにこちらへ戻ってきた。

「魔道具は?」

「ライチに貸してたのを忘れてた。ごめんなさい」

レレーナはしゅんとして俯いていた。俺が無理を言って押しかけてきたんだし、別にそんな落ち込まなくてもいいのだが。

きっとライチは冒険に持参しているので、いつ戻ってくるのか分からない。

ゴロンガとベンにはそのまま伝えて、手紙でやり取りするしかないだろうか。リアルタイムの情報を拾えなくなるのは残念だが仕方ない。

「気にするな」

俺は落ち込んだ様子のレレーナを慰めるために、彼女の頭を軽く撫でた。柔らかな髪は心地よい感触だ。

それから二、三秒、感触を堪能《たんのう》し、その手を離した瞬間の事。

ガチャリと部屋の扉が開かれると、扉の隙間からは狐耳《きつねみみ》のクールな顔つきの女性がこちらを覗《のぞ》き込んでいた。俺と目があった瞬間に顔がほころび、にっこりと口角を上げている。

彼女の名前はライチ。狐の獣人で元冒険者だ。

「フーくん！」

ライチは俺の名前を呼ぶと、散らかった足元の隙間を縫いながらこちらに駆け寄ってきた。

すぐさま眼前に参上して尻尾をブンブン振っている。

楽しそうで何よりだ。

「ライチ、今日は冒険に行ってないのか？」

ライチはいつものような軽鎧を装備しておらず、身軽なノースリーブとタイトなパンツを着用していた。相変わらず腰には錆びついた剣を携帯しているが、それ以外は普段着だ。

「はい。今日は近くの丘の上でピクニックをしてました！」

「いいなぁ。ワンダ達と四人だけで行ったのか？」

近くの丘というと、我が領の西端にある古《いにしえ》の城跡地《じょうせきち》と呼ばれるキャッスル・ヒルの事だろうか。小高い丘の上には城跡があって、見晴らしも良いのでピクニックには最適である。

「はい。昼食はメアリーさんとリリのお手製だったので、それも大満足でしたっ！」

ライチは色々なジェスチャーを織り交ぜながら言葉を紡いでおり、ピクピク動く耳や揺れ動く尻尾を見ても心の底から楽しんでいた事が容易に分かる。

「ほうほう、俺も行きたかったなぁ。な、レレーナ」

「ちょっと遠そうだし、ライチがおぶってくれるなら行ってもいいかも」

「お安い御用です。あっ、そうだそうだ、これを返すのをすっかり忘れていました。これはレレーナから拝借《はいしゃく》していた魔道具です。お返ししますね」

ライチは腰元に下げていた袋の中から二枚の石板を取り出してレレーナに渡した。

「レレーナ、これがさっき言っていた魔道具か？」

「うん、さっき私が探してたのはこれ。名前は〝メッセージプレート〟。二枚で一セットになっていて、この石板の片方に書いた文字がもう片方にも表示される遠距離連絡用の魔道具」

レレーナはメッセージプレートを俺の眼前に突きつけ見せてきた。俺が立っている位置はしっかりと把握《はあく》出来ていないようで、後数ミリでも前に出たら石板と俺の額が衝突してしまう。

時々忘れてしまうが、こういった細かなところで彼女が盲目だという事を思い出させられる。

「随分と便利な魔道具だな」

俺は眼前に突きつけられたメッセージプレートをその手で取った。

石板一つの大きさは約十五センチ四方、厚さは三センチほど。石で作られているので、それなりに重量がある。

「魔力で文字が書ける。でも、別に意識して指先に魔力を集める必要は無い。体内にある微弱な魔力だけで反応する仕組み」

レレーナがもう片方のメッセージプレートに指を走らせると、そこには指先でなぞった通りの軌《き》跡《せき》が浮かび上がってきた。

数秒遅れて、俺が持つ方のプレートにも、じんわりと同じ軌跡が浮かんでくる。

「ふむふむ。書いた文字は消せるのか？」

「文字は息を吹きかけると……こんな感じで消える。書いたり消したりすると、相手が持つメッセージプレートに反映するまで時間はかかるけど、これを使えば遠くにいる人と簡単にやり取りが出来る」

　レレーナはメッセージプレートに軽く息を吹きかけて文字を消すと、少し得意げな顔で説明してくれた。

「デメリットはあるのか？」

「魔力伝導性が高い特殊な鉱石を使ってるから、これ自体がかなり高価な事くらい。手に入れちゃえば特に気にする事はない」

「レレーナの言葉に補足するなら、少し壊れやすいかもしれませんね。特殊な鉱石で、強度は今ひとつなので、強い力を加えると割れちゃいそうです。力加減が苦手なゴロンガさんなんかに持たせたら、バキッと壊れる事は間違いなしです」

　レレーナの説明に付け加えるようにしてライチが詳しく補足してくれた。そのせいでレレーナがムッとして頬《ほほ》を膨《ふく》らませている。得意分野の解説を奪われたような形になって不服なのだろう。

　ライチは年長者らしくレレーナの肩を軽く抱き寄せて背中をさすってあげていた。

　こういうムキになるところはレレーナの子供らしい一面だし、相手の顔色を窺《うかが》って行動に移せるのはライチの大人らしい一面である。

「了解だ。それにしても、父上がまさかこんな便利な魔道具まで持っていたとはな。まだまだたくさんお宝が眠っていそうだしワクワクするな」

俺は部屋の中を見回して彼女に微笑みかけた。

「うん。ここにいるだけで楽しい。でも、お宝以外の物もたくさんあるから、ちょっと大変かも」

歩くだけのスペースはあるが、お宝以外の物も散らばっているので、目の見えない彼女からすれば歩きにくいのは間違いない。

「……困った事があったらなんでも言ってくれ」

その目を治させて欲しいとは彼女自身から頼まれるまで言わないが、やはり大変な思いをしているだろうし、しつこいと思われようと労《ねぎら》いの言葉は忘れない。

「ありがとう。ところで、それは何に使うの？」

「えーっと……少し用事があってな」

「遠距離で連絡を取る必要があるって事は、フローラルはどこかに行っちゃうの？」

レレーナは俺の服の裾をギュッと握った。

同時にライチもこちらを見つめてくる。

「俺は行かないから大丈夫だ」

「よかった。フローラルがいなくなると不安だから」

俺の答えを聞いたレレーナは、ほっと一息をついて安心したかのように胸に手を当てる。

「そうなのか？」

「うん」

「……そっか。今日は忙しくなるからあまり話せないが、今度時間がある時にでも街へ出かけるか？」

　彼女はどこか寂しさを隠しているようにも見えたので、俺は軽く頭を撫でて問いかけた。

「いいの？」

「当たり前だ。じゃあまた来るから、その時にでも話そうぜ。もちろん、ライチもな」

「はい！　ボクもフーくんとお出かけしてみたいです！」

「おう。二人とも、また今度な」

　俺はレレーナとライチに別れを告げると自分の部屋へ戻る。

　手には二枚のメッセージプレートがある。これを持たせて、ゴロンガとベンにはミストレード領に向かってもらおう。

　今日のところは二人にはゆっくり休んでもらって、明日の朝メッセージプレートを渡してそのまま出発してもらうとするか。忙しくて大変だろうが、領地外に行って色々と出来る二人は貴重な情報源となるので頑張ってもらおう。

　そして、翌日。

「――というわけで、レレーナから便利な魔道具を借りたから、これを持っていってくれ」

正門の前。俺はゴロンガが引く荷車の上に座るベンに、メッセージプレートを手渡した。

朝が早いからかゴロンガはぼーっとして寝ぼけ眼《まなこ》のままだった。そんなやつに魔道具を渡したら紛失してしまいそうだし、ライチの言葉の通りなら壊しかねないので、当たり前だがシャキッとしているベンに預ける事にした。

「分かりました」

「ふわぁぁぁあ～あぁ……まだまだ眠いけんども、オイラ達はいけ好かない侯爵の領地に向かうだよ～」

「せっかくいつもより多くのポーションを用意してくれたのですから、ゴローはもっと気合を入れてください」

荷車の前に立ってだらしない顔であくびをするゴロンガと、それを窘《たしな》めるベン。

ゴロンガは凄くリラックスしているように見えるが、臆病《おくびょう》な彼の事だ。内心は怖いに違いない。

その辺りはベンが上手くカバーしてくれる事だろう。

「まあまあ……それと、今回は試験的に程度の低いポーションを荷車に積んでおいたから、向こうの市場価格に合わせて適当に販売してみてくれ。野菜だけだと腐る可能性があるからな」

「ほーー、初めての販売だべな。不安しかねぇけんども、ちゃんと売れるべか？　今のミストレード領は戦いの前って事で結構ピリついてると思うけんども」

ゴロンガは太い腕を胸の前で組み眉を顰《ひそ》める。

昨日は息巻いていたが、やはり、多少なりとも不安に思う気持ちがあるのだろう。

「比較的安全そうな場所に拠点を構えて、情報を集めながら販売してみてくれ。もちろん、危険な目に遭いそうになったらすぐに逃げるんだぞ」

「ゴローは向こうに住んでいたという事で顔が割れているかもしれませんし、安全を優先するなら街外れの宿を取るのがベストでしょうね」

ベンの提案は尤《もっと》もだったが、今のゴロンガの姿を見ても、死にかけの村人時代を想起する人なんていないと思う。

でもまあ、念には念を入れておくのも大切か。

危険な目に遭って命を落としたら元も子もない。

「そういう事だ。分かったか、ゴロンガ」

「はいだ！　あ、それと、昨日の果物はどれも絶品だったべ！　ベンなんか少食のくせに全部平らげていたくらいだよ！」

「それは嬉しい報告だな。じゃあ、最後に幾つかお願いがある。まずは、些細《ささい》な事でも分かったらすぐにメッセージプレートで情報を共有する事。次に危険があったら真っ先に逃げる事。そして

困っている人がいたらなるべく助けてあげる事。分かったか？」

「はい。お任せください」

「りょーかいだべ！」

二人は真剣な顔つきで力強く頷いた。

「それじゃあ、無事を祈っているよ。二人が使えるように最高品質のポーションも載せておいたから有効活用してくれ」

俺が軽く手を振ると、ゴロンガは荷車を引いて歩き出した。

ポーションと野菜、少しばかりの荷物が所狭しと積み込まれた大きな荷車の端にベンが座り、彼はメッセージプレートを大事そうに抱えている。

ゴロンガでは頭が回らなさそうだったので、向こうからの情報の伝達はベンが全て行うように頼んでおいた。

彼の、見た目に反して強気な性格と、持ち前の冷静さを存分に活用させてもらう。

二人の姿が見えなくなった後、俺は次の段階へと思考を巡らす。

「さてと……対策なしに攻め込まれたら、俺達の敗北は必至だな。どうにかして抗《あらが》う手立てを考えないと……」

セバスチャンから聞いた話によると、ミストレード侯爵はかなりの武闘派《ぶとうは》らしい。

他の領地に戦争を仕掛ける事もしばしばあるらしく、武力での領地拡大を得意としているようだ。

抱える騎士の数も多く、いつでも自由に千人程動かせるというのだから驚きだ。

そんな軍勢が攻めてきた日には、我が領は耐える事など許されずに即陥落《かんらく》するだろう。

だからこそ、どうにか準備をするしかない。

「部屋で考えるか」

いつまでも正門に突っ立っているわけにもいかない。紅茶でも飲んで冷静になろう。

俺は思考を巡らせながら屋敷へ戻った。


俺は自室に戻り一息ついてから、テーブルの上に地図を広げた。

「ふむ……ミストレード侯爵の領地の中心の街は〝バトルタウン〟と呼ばれているのか。由来は、昔から戦争が頻繁《ひんぱん》に行われてきたから……って、物騒だな」

まずは相手を知るところから始める。

これまでに調べて把握している事を含め、改めて頭の中で今判明している情報を復習していく。

「攻めてくるルートは、西の丘〝キャッスル・ヒル〟しかありえないな」

侯爵が住むバトルタウンは、この屋敷から見てちょうど西側に位置している。

我が領とミストレード領の境目にあるのがキャッスル・ヒル。周辺と比べやや標高が高く、なだらかな坂道の上には城跡がある。

城跡とは言っても過去の産物であり、時間の経過と共に崩壊し、今では岩の山でしかないが、待ち受けて真正面からやり合うには最適だと言える。

「好都合だ」

俺は依然として地図を眺めながら思考を巡らせる。

戦力差は向こうも把握しているはずなので、おそらく正攻法で攻撃を仕掛けてくるはずだ。

ゴロンガとベンから侵攻の詳細についての情報が手に入れば、こちらで迎え討つ構図を作りあげる事が可能となる。

油断した侯爵に一泡吹かせるにはそれしかない。が、今のところ策もなければ自信もない。

「まあ、坂道を上手く使うしかないか」

俺は右手に持つペンを回しながら、ひたすらに地図を眺める。

立地は問題ない。むしろ有利だと思う。

「……後は攻撃手段と人員だけだが……かなり厳しいな」

乱暴にペンを投げ置いた俺は、肝心な部分が欠落している事に気がつく。

うちの戦力はライチを筆頭とした冒険者組の四人と、セバスチャン、そしてメアリーくらいなものだ。合わせて六人しかいないようでは、千人規模の軍勢に対抗するなど到底出来ない。

個々の力で上回ろうと、これだけの数の差を覆す事は不可能である。

何か妙案はないか……

顎に手を当て思考すると、癖の強い種族の存在を思い出した。

「あぁ！　土の民がいたな！」

えっさほいさと屋敷の裏で野菜を大量生産する彼らの力は絶大だ。

土魔法という特有の魔法は、おそらく農業や建築に対してだけではなく、戦いにも使えるだろう。

キャッスル・ヒルは短い草が生い茂る草原なので、土さえあれば使用可能という土魔法の条件も満たす事が出来る。

彼らを上手く指揮する事が出来れば、かなり戦力として期待出来そうだ。

「でも、まだ足りないな。どうしたもんかなぁ……」

俺はソファに座り天を仰《あお》いだ。

我がダーヴィッツ家は、昔から小さい領地ながらも慎ましく貴族として振る舞ってきたがために、戦力など有していない。

平和ボケと表現して良いのか分からないが、騎士を持たずに戦争をしないという理念が、逆に自分達の首を絞める事になっている。

治安が良く、これまで一度として戦争がなく、領民は穏やかで健康的な暮らしをしているからこそ、治安維持のために騎士を持たないのは当たり前だった。しかし、やはり領地を守るとなった際には大切な要素だと言える。

領民一人一人が誰にも負けないほどに強いのなら別だが……期待は出来ないし、無理強いもしたくない。

もちろん、スモーラータウンにも冒険者はいるが、彼らは単なる出稼ぎなどの金銭目的でスモーラータウンに居着いているだけなので、対外的な戦争には参加してくれない。

ならばどうするか……いや、待てよ……国民一人一人を鍛《きた》え上げて戦争に参加させるのは……

「いやいやいやいや、ダメだ。それはダメだ……でも……はぁぁぁぁ……」

領民を鍛えて戦争に参加させるというグレーな案が思いついたが、そんな案はもちろん採用するわけにはいかない。

治安維持や国防などのために志願した騎士ならまだしも、領民を俺の勝手に無理やり付き合わせるわけにはいかない。

だが……それが有効な手段である事は間違いない。

「……」

俺は一つの案として、地図上にメモを書き残した。

実行に移す勇気は無いが、ダーヴィッツ領を死守するための最終手段として一応記しておく。

……こんなもんか。

後は流れに任せるしかないが、失敗した時の事や誰かが犠牲になった時の事を考えてしまうと、現実から目を背《そむ》けてこの場から逃げ出したくなってしまう自分がいる。

「土の民のところに行ってみるか」

重い腰を上げて、俺は散らかったテーブルの上を片付ける事なく部屋を出た。

目指すは裏の農地だ。セバスチャンもいるだろうし、彼を介して土の民と接触を図るとしよう。

彼に頼れば何か良い案を出してくれるはずだ。

話が早く進めば、今日中にはキャッスル・ヒルに赴《おもむ》いて視察したいところだな。

裏の農地に行くと、セバスチャンは十数人の土の民を連れてキャッスル・ヒルに向かったと教えられ、俺は西の丘キャッスル・ヒルに足を運んだ。ここはライチ達がピクニックをした場所でもある。

そんな丘の麓に立つ俺は、目の前の光景に意識を完全に奪われていた。

「皆さん、フローラル様のために精一杯、全力で、己の全てを出し切り、ここに土の砦《とりで》を建設してください!!　とびきりの最上級の完成度で頼みます!!」

セバスチャンが珍しく腹の底から叫びを上げると、それに呼応するかのように十数名の土の民は土魔法を唱え始めた。

「「「フローラル様のためにぃぃぃぃぃっっっーーーーーーーーーー!!」」」

そして、見る見るうちに辺り一帯の地形が変わっていく。

「……おい、セバスチャン。彼らは望んでこの作業をしてくれているのか？」

そんな光景を見ながら、俺は隣に立つセバスチャンに尋ねた。

セバスチャンを介して土の民にアプローチしようとしたのだが、セバスチャンが既に動いてくれていたとは……さすがは有能な彼だ。

だが、彼らを準備とはいえ、彼らの思いを無視して戦いに巻き込んでしまっているのであれば気が引ける。

「ええ。基本的に彼らは私の指示のもと動いてくれますが、本当の主がフローラル様というのは当然のように理解しています。フローラル様のためになる事であれば、喜んで取り組んでくれていますよ。教育の成果でしょうか」

「前々から気になっていたんだが……その、教育ってなんなんだ？　まさか……変な洗脳とかしてないよな？」

俺は朗《ほが》らかに笑うセバスチャンを横目で一瞥した。

以前から妙に引っ掛かる言葉の真意を確かめる。

「いえ、そんな事はいたしません。フローラル様に仕える以上、彼らには何事にも信念を持って取り組んで欲しかっただけなのです。感謝の心を忘れずに、フローラル様への敬意を持つよう教育してきたのです。まあ、思いのほか強い信仰心に似たような感情が芽生えていますが、元の領主と比較すれば当然の話でしょうし、特に気にしていません」

セバスチャンはどこか満足そうに口角を少し上げた。

まるで自分の子供の成長を見つめる親のような、温かい目だった。

彼は非常に達観《たっかん》し成熟した大人の男性なので、ここで俺が変に口出しする必要もなさそうだ。

「そうか……まあ、それなら別に良いんだ」

「私からも聞きたい事があるのですが、仮にミストレード侯爵が騎士を率いて攻め込んできたとして、フローラル様はどのような手段で対抗するおつもりですか？」

俺が返事をすると、今度はセバスチャンから質問をしてきた。

「皆の手を借りる事になるな」

「ほう。土の民は必ず力になってくれるので、地の利を上手く利用するのが賢明でしょうね。丘の上から下に向かって巨大な土の塊でも転がしますか？　簡単に戦闘不能に追いやれますよ？」

「いや、非《ひ》殺傷《さっしょう》攻撃《こうげき》が望ましいな」

「どうしてですか？」

セバスチャンは目を細めてこちらを見つめると、疑問に満ちた口調で聞き返してきた。

「相手にも家族や仲間がいるだろ？　そもそも俺と同じく戦いに乗り気じゃないやつも中にはいるはずだし、殺したら元も子もない。まあ、極論を言うなら、戦争なんてしたくないんだがな」

俺は腕を組み、赤く染まり始めた空を眺めて答えた。

俺の言葉を聞いたセバスチャンはどこか驚いたように目を丸くしていたが、すぐに平静を取り繕うと、優しげな瞳で赤い空に視線を移した。

「戦争というのは互いの身勝手な正義をぶつけて殺し合う場だというのに、フローラル様は相変わらずの優しさですね。足元を掬《すく》われなければいいですが……」

「……俺は人の悲しむ姿を見たくないんだよ。ぬくぬく育てられた三男だし、争い事はごめんなんだ」

「私もその意見に同意します」

当たり前の話ししかしていないが、どこか感傷的な気分になった。

戦争一つで死ぬ人、悲しむ人、喜ぶ人がいて、勝者と敗者が存在する。

それは果たして必要な事なのか、甚《はなは》だ疑問である。

戦争で広げた領土になんの意味がある？

新たな領土に住まう民からの信頼を得る事は不可能だろう。

そんなものに本当の価値は無い。

「ちなみに、ここには土の砦を建てるのか？」

俺は目の前の光景に視線を戻し、隣に立つセバスチャンに尋ねた。

「具体的には土の砦と、それを覆うような土の外壁ですね。坂の下からの弓や槍などの投擲《とうてき》に備えて、それなりの高さが必要でしょうし、初見《しょけん》の相手を威圧するという面でも大切です。ただ、土は炎系の魔法には強いですが、水魔法を使われると脆《もろ》いので、分厚く頑強な土台造りが肝になります」

セバスチャンは片膝をついて地面の草と土に手を当てると、ゆったりとした口調で説明してくれた。

「期間はどのくらいを見込んでいるんだ？」

「普段の野菜生産と並行して作業を行うので、全体の三割ほどの人員を割いております。一日に七時間程の作業をするとしたら、完成までひと月は必要ですね。簡単な建築物なら一瞬ですが、やはり戦線を張るに相応しい規模と強度を求めるのなら、どうしてもそれなりに時間を要してしまいます」

確かに、今目の前で作り上げられていく光景は、以前見た時よりもかなりスローペースだった。

土魔法の影響で地面はウネウネと蠢《うごめ》いているが、未だ高さ数十センチ程度の土台しか完成していない。

ここに更にぐるりと囲うような外壁を作り上げるとなると、ひと月程度かかるのは妥当だと言える。

「了解だ。ちなみに、土の民って戦えたりするか？」

「当然です。一度試しに手合わせをしましたが、土のドームで覆われた時はさすがに驚きましたよ」

やれやれといった様子のセバスチャン。

彼がこんな反応をするとは、土魔法は余程特殊らしい。

「ほう。それで、結果は？」

「囲われた瞬間にドームを破壊し、すぐさま高速で接近。相手の背後に回り、詠唱《えいしょう》封じのために口を塞《ふさ》ぎ、杖を強奪《ごうだつ》……勝負ありです」

「……そ、そうか。一応、土のドームで相手の動きを封じるのは有効な手立てだと思うんだが、どうだ？　騎士相手に通じそうなレベルか？」

淡々と結果を述べるセバスチャンの言葉に、彼の常人離れした戦闘能力を垣間見て少し引いてしまう。

「以前追い返したミストレード侯爵の遣いの騎士程度の実力であれば、容易に閉じ込める事が出来るでしょう」

「本当か？」

「強度と規模も中々のものなので、そう易々《やすやす》と破壊は出来ません。心配はご無用です。おまけに視認さえ出来れば遠距離からでも発動可能です。正直、単純な戦いであれば負ける要素が見つかりません」

セバスチャンは迷う事のない口調でスパッと言い切った。

その言葉を聞いた俺は、目の前で魔法を唱え続ける土の民に目をやった。

確かに、こんな風に地形を丸ごと変えてしまうような種族が、そう簡単に負けるとは思えないな。

セバスチャンが言うのだから間違いないだろう。

「そうか」

「ええ。ですが、仮に彼らの土魔法がなんらかの手段で封じられてしまえば、我々には抗う手立てがありませんね。おまけに私と同程度またはそれ以上の実力者がいた場合は、強引に突破される可能性も高いでしょう」

「そうなったら……さすがにまずいな」

数の利を覆す策は土の民に頼ればなんとかなりそうなものだが、セバスチャンよりも強い相手がいたらそれはどうしようもない。単騎でも圧倒的な力を持つ強大な相手に抗う術は無い。

困ったものだ。

「ええ。ちなみに、フローラル様は戦う意志をお持ちですか？」

俺が内心で思い悩んでいるのがバレたのか、セバスチャンは横目でこちらを見ると窺うような口振りで聞いてきた。

「……」

俺は思わず黙り込む。

戦う意志なんてあるわけがない……でも、領主である俺が公然とそれを言えるはずがなかった。

「おそらく、フローラル様は今すぐにでも逃げ出したいと思っているでしょう？　戦争なんて不必要なものですから、私も出来ればやりたくありません。ですが、攻め入れられる危険性がすぐそこまで迫っている以上、こちらも抗う術を用意しなければならないのです。抗わなければ無抵抗のまま蹂躙《じゅうりん》されます。生きたまま人権を失い奴隷堕ちする未来なんて最悪でしょう？」

セバスチャンはどこか懐かしさを感じる、まるで幼い子供に言い聞かせるような口調で淡々と述べた。

優しさの中に厳しさを含ませており、どの言葉も今の俺の心を的確に刺激する。

「……そうだな」

俺は首を横に振り答えた。

何も間違っていない。領民や屋敷に住まう皆が無様に死にゆく姿なんて考えたくもなかった。

「であれば、フローラル様は、もう少し民を率いるリーダーとしての自覚を持ち、民を守るために全力を尽くしてください。私に頼るのは一向に構いませんが、ご自身でも判断し行動を起こすべきです。でなければ戦いには勝てません」

「……自覚、か……」

ここ最近の出来事を思い返すと、確かにセバスチャンや皆に頼りきりだった。

昔から頼りになる執事だったというのも理由の一つだが、それ以上に俺の心の弱さが起因しているような気がする。

不労所得を手に入れて楽に暮らしたいという願望は変わらないが、そのためには自らが行動を起こして領地を発展させる必要がある。

それらの夢を掴むためには、努力の時期も必要だ。

「では、本日はゆっくりお休みください。ここ最近は、我々の動向確認や新たな商売の準備をしていてお疲れでしょう？」

俺が考え込んでいると、セバスチャンは打って変わって優しい口調で言った。

確かに全身に疲れを感じる。

知らぬうちに張り詰めていたのかもしれない。

「まあ……確かに気が休まった感じはしなかったな。悪いが、今日はゆっくりさせてもらうよ」

俺は一つ息を吐いて首を垂らした。

どこか心が落ち着かないので、少し一人で考える時間が欲しい。

「……相手は多方面から恨みを買う悪徳領主です。それを私達の手で懲《こ》らしめて、ダーヴィッツ家の名を轟《とどろ》かせるチャンスでもあります。頑張りましょう、負けないように……民を守るために！」

「ああ！」

セバスチャンが手を差し出してきたので、俺はその手を強く握り返した。

この戦いは、弱小貧乏貴族ダーヴィッツ家が再起を図れるチャンスでもあるんだ。

負ける事は許されないからこそ全力で臨む必要がある。

ただ、本心ではやはり気乗りはしない。

出来れば戦いたくなんてないし、外部からの侵略に対抗する術を考えるだけでも嫌になる。

これまで平穏な生活を送ってきたからこそ、それを脅《おびや》かされる事に不快感が募る一方だ。

「……あんまりウジウジするなよ」

俺は自身の頬を強く叩き言い聞かせた。

とにかく、今日は休養を取ろう。セバスチャンに頼りきりで何もしていない自分が嫌になる。

こんなネガティブをどうにかするべきだ。

第二章　準備と覚悟

全身に感じる妙な重量感と気怠《けだる》さで目が覚めた。

既に朝を迎えているのか、カーテンの隙間から差し込む陽の光が眩《まぶ》しい。

普段なら面倒ながらもベッドから抜け出して、ウトウトしながら朝食を取り始めるところだが、今日に至ってはなぜかそんな気力すらなかった。

「んぁ……あれ？　なんかおかしいな……」

目を開くと、ぐわんぐわんと世界が歪《ゆが》んでいた。

どこか体も熱いような気がする。

どうしたものか。昨日はキャッスル・ヒルから帰ってきてすぐに眠りについたはずだが……

昨日の今日で高熱が出るとは思いもしなかった。

「やる気が出ないな……」

俺が天井を眺めて動けずにいると、ノックしてリリが部屋に入ってきた。

彼女は俺が寝ていると勘違いしたのか、るんるんと楽しげな鼻唄を奏でながら、テーブルの上に食器を並べていた。

香ばしいパンの匂いがするが、それでもまだ食欲は湧いてこない。

「ご主人様ぁ……は、寝てるわね……」

依然として楽しげなリリが俺の方に寄ってくる。

ぼやけた視界の中で薄《うっす》らと彼女の表情が見える。

近い。鼻と鼻が触れてしまいそうな距離だ。

しかし、彼女は俺が起きている事に気がついていないようだ。

「うーん……せっかく気持ちよさそうに寝てるし、もう少し寝かせてあげようかしら？　でも、早く起こさないとせっかくの朝食が冷めちゃうし……」

リリはぶつくさと独り言を呟きながらもベッドの端に腰を下ろすと、俺の上半身に全身をもたれさせてきた。

その動きにはなんの迷いもなく、かなり慣れた様子だ。

というか、重い。今日に限って全身に気怠《けだる》さがあるからか、抗う力も湧いてこないし声を出す力もない。

ただただ腹部が圧迫されて苦しかった。

「はぁぁ……ご主人様ぁ……私も眠たくなってきちゃった」

完全に脱力したリリは眠たげな声でそう言うと、すぅすぅと安らかな寝息を立てて動かなくなった。

呆れたメイドだ。メアリーにバレたら折檻《せっかん》ものだぞ。

バレる前にどうにかしないと大変な事になる。

「……お……い。リ、リ……」

俺は力を振り絞って声を出した。

喉までやられているのか、声が掠《かす》れており、か細くてかなり弱々しい。

「……え？　あ……危ない！　寝ちゃうところだった！」

そんな声は確かにリリの耳に届いたのか、彼女は目をぱちぱちさせてバッと勢いよく体を起こした。

リリはすぐにこちらに視線を向けると、突如として俺の頬に手を当てて口を開く。

「それにしても、今日はいつもより色っぽい寝顔ね……なんかこう……見惚《みと》れちゃうっていうか……」

リリの顔が徐々に近づいてくる気配がする。どこか荒い息遣いは、普段のリリとは全く違うものだった。

目を開けると視界の全てをリリの綺麗な顔によって支配されかけたが、俺はふと我に返り彼女の頭に軽くチョップをかました。

「……熱い。離れろ」

「へ？　お、お、お、起きてたの……？　いつから……？」

リリは両手で頭のてっぺんを押さえながら、露骨に狼狽《うろた》えて距離を取る。

どこか気恥ずかしそうな様子だ。

「ずっと、起きてた」

俺はズキズキと痛む頭と、気怠い全身にムチを打って、ベッドからのそのそと抜け出した。

口をぱくぱくさせているリリの横を通り過ぎ、おもむろにソファに腰を下ろす。

「は、早く言ってよ！　恥ずかしいじゃない！」

「……すまん。見ての通り、具合が悪くてな」

謎の逆ギレに見舞われたが、今は言い争うのも億劫《おっくう》なので適当に言葉を返す。

呑気《のんき》な彼女を見ていると、昨日の悩んでいた自分がバカらしくなる。

「え？　顔が赤くて体もいつもより熱かったけど……風邪でも引いたの？」

「そうみたいだ。誰かさんにのしかかられたおかげで普通に呼吸する事すら苦しくてかなわん」

ぐったりとソファに全身を預けた俺は、横目でリリの姿を一瞥した。

「ご、ごめんなさい……いつもなら軽く抱き寄せてくれるのに今日はしてくれないから、おかしいなとは思ってたんだけど……」

「いつも？」

モジモジと謝るリリに聞き返す。

それはどういう意味だ。

「な、なんでもない！　それより、熱があるなら早く回復魔法で治さないと、悪化したら大変よ？」

「……いや、回復魔法は自分に効かないから無理だ」

上手く誤魔化されてしまったが、追及する余裕もないので話を続けていく。

回復魔法の対象者に自分が含まれていないというのは常識である。

「ベッドの下の引き出しから、一番色が濃い液体が入った瓶を取ってくれ。頼む」

俺は少しだけ体勢を正すと、心配そうにしているリリと視線を交わした。

彼女はこくりと頷くと、すぐにベッドの下の引き出しを開けて、中から一つの瓶を取り出した。

「これで合ってる？」

「ああ、悪いな。ポーションなら、自分で飲んでも効果が出るんだ」

リリから瓶を受け取った俺は、きゅぽんと蓋を開けた。

瓶の中には緑色のドロッとした液体が入っており、大量の魔力が含有している事が一目で分かる。

これは一番最初に製造した失敗作のポーションだ。

魔力の濃度が高過ぎるあまり、異様なまでの効果が出てしまうので引き出しで眠らせておいたのだが、ようやく役立つ時がきた。

これを飲めば一瞬で解決だ。

「んぐ……っっ……ぷはぁぁぁ……っ！」

俺はポーションを一気に呷《あお》った。

刹那《せつな》。全身の血流が爆発的に速くなると、体内が燃え盛る炎の如く熱くなる。呼吸も荒くなり、息をするのもままならなくなるが、そんな感覚はものの数秒で収まった。

「だ、大丈夫……？　ご主人様……」

「はぁはぁはぁ……っ……ふぅ……」

気がついた頃には全身の気怠さと喉の痛み、頭痛はすっかり消え失せていた。

むしろ昨日の疲弊していた自分よりも元気になっているくらいだ。

ポーション恐るべし。

だが、少しばかり過剰《かじょう》な魔力摂取になったのか、力を発散したい欲に駆られている。

「な、治ったの……？」

「完全に治った……が、ちょっと溜まってる」

声を震わせながら聞いてきたリリの問いに俺は答えた。

「た、溜まってる⁉」

「ああ。かなり、溜まっている」

何をそんなに焦っているのか分からないが、俺はポーションの副作用により魔力が内部に溜まっているだけだ。

数十秒で収まるだろう。

「じゃ、じゃあ……私で発散しても、いいよ？」

リリは頬を赤く染めると、照れながらも妙な事を口走った。

潤んだ瞳でこちらを見上げている。

普段とは違った様子で色気のあるリリの様子に対して、俺は思わずごくりと息を呑む。

「……何言ってんだ？　さあ、朝食にするぞ」

しかし、その瞬間に体内に溜まった過剰な魔力がスッと消えたので、俺はふと冷静な気持ちを取り戻した。

「もう……私で遊ばないでよー！」

なぜかリリが頬を膨らませて怒っている。

よく分からないな。俺はただ自分の中に溜まった魔力を発散したかっただけなんだがな。

「悪い悪い」

なんの事だか分からないので、適当に笑顔で返し謝っておく。

体調が良くなったら腹が減った。昨日キャッスル・ヒルから帰ってきてから、そのままベッドにダイブしたせいで何も食べていないのだ。

ライチの要望もよく分かる。確かに、ポーションで栄養を補給出来たら効率的で最高だろうな。

「むぅ……」

膨れっ面のリリを横目に俺は朝食を取り始めた。

同時にテーブルの上の整えられた地図とペン、メッセージプレートに目をやる。

昨日は乱雑に置かれていたはずだが、広げられていた地図は丸められ、メッセージプレートとペンはテーブルの隅に追いやられている。

大方、メアリーかリリが俺の不在中に整理をしたのだろう。

「……進捗《しんちょく》報告は今のところなし、か」

「それなに？　石？」

「遠距離でやり取りが出来る魔道具だ」

「へー」

質問に答えたはいいものの、リリはそれほど魔道具に興味はなさそうだったので俺は別の話題を振る事にする。

「ところで、メアリーはどこにいるんだ？」

昨日はリリと街に出向いていたはずだが、キャッスル・ヒルから戻って屋敷を歩いている時には見かけなかった。

「そうそう。それなんだけど、昨日、私とメアリーさんって街に行ったじゃない？　その時にメアリーさんは、やり残した用事があるからしばらくは帰らないって言ってたわね」

「じゃあ、スモーラータウンからまだ帰ってきてないって事か？　なんでだ？」

昨日はリリが頑張ったご褒美とかなんとかで、メアリーは彼女を連れて街へ出ていたはずだ。

洋服を買ったり散歩をしたりしたなんて言ってリリは喜んでいたが、メアリーだけが帰ってきてないのはどういう事だろうか。

「詳しくは知らないけど、『主人の抱えたピンチを秘密裏に解決するのが真の召使の役目ですよ』って言ってたわね……意味分かる？　もしかするとひと月くらいは帰らないかもって話をしていたんだけど、何かあったのかしら。出発前は険しい顔でセバスさんとも話し込んでたし……」

「分からないな。まあ、メアリーの事だし、きっと何かやらなければいけない用事でも出来たんじゃないか？」

セバスチャンもメアリーも非常に行動的なタイプだ。

ゆえに、父上や俺、二人の兄のためならばと、しばしば独断で行動をしてきた過去があったりする。

きっと今回もその類《たぐい》だと思う。メアリーの事をよく知る俺からすれば別に気にする事じゃない。

「そうよね……メアリーさんは私の師匠だもの！　不在の間は私がメアリーさんの分も頑張らないと！」

「ああ。頼んだぞ。ちなみに、例の物はあったか？」

「あー、やっぱり無かったわね。王都に行けばあるみたいだけど」

「そうか」

案の定と言うべきか、果物を細かく粉砕出来るような都合の良い魔道具もとい調理器具は見当たらなかったようだ。

俺は軽く相槌《あいづち》を打つと、テーブルの上に並ぶ食事を次々と口へ運ぶ。

それからはいつもの食事と同じく、側に立つリリと適当に会話を交わしながら食事を取った。

しかし、俺としては呑気な雑談がスッと頭の中に入るほどの余裕はなく、内心はどことなく焦燥《しょうそう》感《かん》に駆られていた。

メアリーにはミストレード侯爵の件はそれほど詳しく話していないので、把握していないはずだし、何かそっち関係で行動を起こすとは考えにくい。

となると別の案件で動いているという事になるが、ここ最近は彼女が関与する案件は特になかったはずだ。

スモーラータウンにわざわざ出向いて、屋敷を空けてまで済ます用事か。

一体メアリーは何をしているのだろうか。

心配する事でもないとは思うが……やはり大切な召使の動向は気になるのが主の常である。

「……まさか、な」

気づけば完食していた俺は、綺麗に丸められた地図に視線を移した。

考え過ぎか。いくらメアリーといえども、なんの詳細も記していない単純なメモ一つで概要を把握出来るとは思えないな。

とにかく、今はメッセージプレートでベンからの報告を待つとしよう。

そして、何も知らないリリとレレーナ、そして冒険者組にも早めに詳細を伝えておいた方がいいな。

まずは彼女に伝えるか。

「リリ」

俺は口元をナプキンで拭《ぬぐ》うと、側に控えるリリに声をかけた。

「なぁに？」

「近々、ミストレード侯爵が攻め入ってくるかもしれない。激しい戦いになる事が予想されるから、それだけは事前に伝えておく」

「ほんと!?　それは大変ね。でも、ご主人様ならなんとかしちゃいそうだけどね」

俺はかなり神妙な面持ちでこの事実を告げたのだが、それを聞いたリリは驚きつつもどこか余裕そうな声色だった。

「……随分と楽観的だな」

「うん。だって、ご主人様は没落寸前だったこの家をあっさり立て直しているのよ？　きっと今回もなんとかなるんじゃないかなぁーって。だから、私にも何か出来る事があったら言ってね？」

リリは手を後ろに組んで可愛らしくはにかんだ。

彼女の明るい性格とそのポジティブさは見習わないとな。俺もあまり固くなり過ぎずに、これくらいの気持ちで臨んだ方が良さそうだ。

「ありがとう。その時はまた声をかけさせてもらうよ。って事で、今の話をレレーナとライチにもしてくるわ」

俺はソファから立ち上がると、大きな窓を鏡代わりにして身なりを整えた。

少し寝癖があるけど、まあいいか。

「うん。私はメアリーさんがいない分、頑張って働くわね。ご主人様もあまり張り詰め過ぎないで、ほどほどにね？」

「ああ。それじゃあな」

俺はリリを残して部屋を後にすると、レレーナの元へと向かう事にした。

その後はライチの元へ向かって、双方に今の話を伝えよう。


ミストレード侯爵が攻め入ってくるかもしれない、と伝えた時の反応はそれぞれ違った。

リリは驚きつつもポジティブな思考で、なんとかなると楽観的に。

レレーナは何か力になれないかと申し出てきたが、さすがに盲目の少女を巻き込めないので、今回は危険が及ばないように屋敷での留守番を命じた。

しゅんとして悲しそうにしつつ、役に立てなくてごめんなさいと言って自分を責めていたので気が引けるが、最後には納得し、応援の言葉をかけてくれた。

ライチ率いる冒険者組の面々は、モンスター以外を相手にするのは少々不服そうだった。

それも戦争という事で、当然だが乗り気ではない。

しかし、非殺傷攻撃での鎮圧を目的にしている旨《むね》を伝えたところ、それならばと快く受け入れてくれた。

そして、皆に件《くだん》の説明を終えた俺は、表の庭のベンチに腰を下ろしていた。

「これで一通りの説明は終わった事だし、後は作戦を練りながら、ベンからの情報を待つだけだな」

俺は膝の上に地図を広げてペンを取り出した。

簡単に作戦を書き込もう。

まず、舞台となるキャッスル・ヒルは、ダーヴィッツ領の西側に位置し、我が領地の最西端である。

別名、古の城跡地。現在は土の民の魔法で土の砦と外壁を造っている最中で、そこが俺達の拠点となる。

次に、互いの戦力と攻撃手段について考える。

こちらは土の民を含めても、およそ五十ほど。対して、相手は数十倍の規模を誇る騎士の軍勢となる。

真っ向からやり合ってはまず勝ち目はないので、キャッスル・ヒルの地形を利用する。

キャッスル・ヒルは小高い丘で、なだらかな坂道になっているので、俺達は坂の上で彼らを待ち伏せする。

なぜ、そんな場所で待ち伏せをするのか。答えは簡単だ。実はミストレード領からダーヴィッツ領に侵入する最短ルートとして、キャッスル・ヒルを通過する必要があるのだ。

待ち伏せをして上から下へ攻撃を行う事で、人数差があろうと戦況を優位に進める事が可能となる。

ちなみに、攻撃は土の民に全て委《ゆだ》ねる事になるが、セバスチャンの言っていた通り、相手が早々にこちらの攻撃を見破ってなんらかの対策を講じてきた場合、あっという間に突破されるだろう。

「……頭の中では大成功なんだけどな」

頭の中で想像した限り、この作戦は上手くハマったが、いざ実践となれば、想像通りに成功する保証はどこにもない。

戦争なんて経験した事がないし、そういう知識は本の世界でしか知らない。そもそも、こういう作戦というのは参謀的《さんぼうてき》な戦略に造詣《ぞうけい》が深い人物が考えるものだろう。

俺のような素人が考えた作戦では、安直過ぎてすぐさま瓦解《がかい》してもおかしくない気がして不安なのだ。

もしも、俺の作戦が失敗したら？

もしも、ミストレード侯爵に全てを見透かされていたら？

もしも、うちの領民の誰かの命が奪われたら？

もしも、もしも、もしも……最悪を想定した様々な可能性が脳裏によぎる。

「戦争なんてしたくないな……」

綺麗な青空を見て呟いた。

束の間、全てが無になる謎の時間に、俺は妙な虚《きょ》無《む》感《かん》を覚えた。

それから、数十秒、いや……数分経過した頃だろうか。

突如として、ベンチの上に寝かせていたメッセージプレートに、文字が浮かび上がってきた。

「お……来たか……？」

俺はメッセージプレートを手に取り、文字に視線を這わせる。

一文字、二文字、と……ゆっくり、じんわりと文字が浮き上がってくる。

乱れのない綺麗なベンの文字だ。

十五センチ四方の小さな石板に次々と文字が記されていく。


——三日後、二千人規模で攻撃予定。今回の攻撃対象はダーヴィッツ領ではなく、近隣の小さな領地だそうです。


短いながらも有力な情報をざっと読み終えて、手に持つ地図上に情報を書き写した俺は、ふっと息を吹きかけて文字を消した。

そして今度はこちらから返信をしていく。

――今回攻める対象はダーヴィッツ領ではないんだな？
――ダーヴィッツ領への宣戦布告を兼ねて、先に近隣領地の小さな街を侵略する模様。ダーヴィッツ領への侵略攻撃は更にひと月後を予定しているという情報も耳にしました。
――それだけ分かれば十分だ。次に、分かっている限りの侯爵に関する情報を教えてくれ。

俺は新鮮な情報を知りたかった。

――どの戦いでも侯爵自身が最前線に赴くのは確実なようですが、戦いの核となるのは側近のイザベル・シャドーハートです。彼女は隷属《れいぞく》の首輪《くびわ》を装着しており、代々侯爵家に仕えている一族らしく、強大な魔法を放つ事が出来るミストレード家の切り札的存在だそうです。
――なるほど。隷属の首輪というのはなんだ？

時間が惜しいのでテンポよくやり取りを進めていく。消えていくメッセージの内容は手元の地図の隙間に書き連ねていき、やり取りが終わった後で確認する。

――それはメッセージプレートと似たような魔力伝導性の高い特殊な金属で作られています。自身の魔力を込めた首輪を奴隷にしたい対象に装着すると、魔力を込めた者と首輪を装着された対象との間に強制的な主従関係が生まれる悪魔的な魔道具です。あまりにも高価な魔道具のため、一般的な奴隷には使用されないのが唯一の救いでしょうか。

ベンはプレートの中に所狭しと文字を書き込むと、分かりやすく質問に答えてくれた。

――最後に、侯爵がダーヴィッツ領に侵攻する目的は分かるか?

――盗まれた秘宝の奪還が目的だと噂になっていました。こちらの街では戦争前にパレードをやる風習があるらしく、今も近隣領地への侵攻に向けて数百人の騎士が街を練り歩いています。戦争に反対する領民を炙《あぶ》り出して連行する目的もあるのでしょう。まさに独裁体制です。きっとそちらに攻め込む際はもっと大々的に行うものと予想されます。

この侵攻理由はミストレード侯爵とやり取りをし、他の事柄との因果関係を把握している俺にしか理解出来ないだろう。

ミストレード侯爵が治める領地であるバトルタウンの本当の姿も浮き彫りになったな。

――よし。じゃあ、適当にポーションの販売を終えたら、頃合いを見計らって早めに戻ってきてくれ。くれぐれも危険な真似は冒さないようにな。

――分かりま――分かったべ！　旦那！　元気にしてるべか⁉

　話を終えようとしたタイミングでいきなりゴロンガが割り込んできた。

　ベンの丁寧な筆跡から打って変わって、途端に雑で乱れた筆跡になっている。

――元気だぞ。そっちは？

――戦争なんて物騒で怖いんだけんども、オイラは旦那を信じて頑張ってるべ！　あんな悪人よりも旦那の方が凄いって事を見せつける良い機会だべ！

――その意気だ。無理はしないでくれよ？

――分かってるべ！　旦那も。

　雑な文字が浮かび上がってくる最中、突如として文字は全て消え去ってしまった。

　息を吹きかけて自然に文字が消えたというよりは、唐突にふっと見えなくなったような感じだ。

「……あー、壊したか、あいつ」

俺は頭を抱えてメッセージプレートを裏返した。ゴロンガは力が強過ぎるあまり、メッセージプレートを壊してしまったのだろう。

最悪だ。メッセージプレートが高価な魔道具だからとかそんなんではなく、遠距離でやり取りが出来なくなるというのは中々に厳しい。

ただ、俺への信頼の強さはよく伝わった。

ベンがいるから大丈夫だとは思うが、無事に帰ってくる事を祈るしかないな。

「さて、それはそれとして……侵攻の日は近いな」

俺はベンチから立ち上がり息を吐いた。

同時にリリやレレーナの言葉を思い出す。皆が信頼してくれているのに、どうして俺はウジウジと弱気になって、目の前の現実から逃げ続けていたのだろう。

セバスチャンに頼りっぱなしで自発的に動かないなんて、当主として失格じゃないか？

「……具体的な日時は分からないが、おおよそひと月後が勝負の時だな……よし！　こうなったらとことんやってやるか！」

ようやく心に覚悟を持つ事が出来た俺は、天に拳を突き上げて高らかに宣言した。

今すぐにキャッスル・ヒルへ向かおう。

戦争なんて心底やりたくないが、ひと月後を目処《めど》に攻め入られる事が確定した以上は、俺自らが主導になって土の民に指示を送り対策する必要がある。

こちらが直接的に手を加えずとも、地の利と土の民の土魔法を活かして数千人を撃退してやる。

覚悟を決めろ。

俺は全力で走ってキャッスル・ヒルへ向かうと、小さな台の上に乗って腹の底から大声を張り上げた。

「丘の麓から、横へ長く広範囲の落とし穴を作ってくれ！　穴の中は人が登ってこられない適度な深さにして、底には身動きを封じる水気の多い泥を敷き詰めろ！　緩い坂道には、足を掬われるような粒子の細かい土をふんだんに散らせ！　どの方向、どの場所で転んでも必ず落とし穴に転げ落ちるように上手く勾配《こうばい》を作ってくれ！　分かったかぁ!?」

「「「いえっっさぁぁぁ――――――――――――――――――――――――っっっっ！」」」

十数名の土の民は野太い声を揃《そろ》えて呼応《こおう》する。

綺麗に横並びになり、美しく敬礼している。

セバスチャンが命令した時よりも俺が命令した時の方が生き生きとしており、迫力がとにかく凄まじい。

「俺達が目指すのは非殺傷攻撃での無力化、捕縛《ほばく》だ！　戦争という表現を使うと物騒になるが、やる事は一方的な鎮圧に過ぎない！　この目標を達成するためには君達の素晴らしい土魔法が必要だ！　君達はミストレード侯爵に長い事苦しめられ、辛い思いをしてきただろう！　だからこそ、この機会に徹底的に分からせてやろうじゃないか！　独裁的な体制を敷いて民を愚弄《ぐろう》した罰を！　最後に笑顔で立っているのはどちらの陣営なのかを‼」

俺は続け様に土の民の声に負けじと声を荒らげる。

戦う必要なんてない。こちらはただ多重にトラップを張り巡らせ、入念に準備をし、皆で意思疎通を図り、協力しながら相手に苦汁《くじゅう》を飲ませるだけで良いのだ。

これは単なる防衛戦だ。

俺達は、どしっと構えて守るだけで良い。無防備に攻め入ってくる相手をトラップに嵌めて、こちらが仕掛けた策に落とし入れて、じわじわと戦力を奪えばそれで終わりだ。

最初からずっと間違えていたんだ。ひと月もあれば準備期間としては十分過ぎる。

それに俺には信頼してくれる仲間がいる。だからこそ、俺はダーヴィッツ家の当主として、その想いを無下《むげ》にする事は許されない。

「フローラル様、ようやく決心がついたようですね」

どこからか現れたセバスチャンが、柔らかな笑みを俺に向けてくる。

「色々考えて吹っ切れたよ。俺はダーヴィッツ家の当主だ。責任逃れなんて許されない」

「ふふふっ……私の狙い通りですね」

「昨日の言い聞かすような言葉は、全部俺を突き動かすためだったってわけか。上手くしてやられたな」

楽しげな笑みをこぼすセバスチャンには感服してしまう。

どこか感傷的になり、迷いの生じていた俺の心を上手にコントロールしてくれたのだ。

「あまりにも消極的でしたし、ご自身で何も対策を練らないのはさすがにまずいと思いまして、僭《せん》越《えつ》ながら、少々の口添えをさせていただきました。ところで、具体的な侵攻の日は分かりましたか？」

「ひと月後だそうだ。それまでに土の砦と外壁、非殺傷のトラップを完成させる必要があるから、裏の農地にいる土の民にも協力を仰いできてくれないか？」

「御意《ぎょい》」

セバスチャンは小さく首肯すると、そのまま立ち去ったので、俺は一人で土の民の作業を眺めながら考える。

丘の麓からは暗闇の中でも土の城は確認出来るだろうし、小高い丘の上に攻め入るのは不利だなんて事は誰でも分かるはずだ。

俺が仕掛けるのは丘の麓の落とし穴と、緩やかな坂道の滑落トラップだが、さすがに不利だと分かっているのに侵攻するはずがないので、上手くそこへ誘《おび》き寄せる必要がある。

「何かを囮《おとり》に使うか……？」

腕を組みぶつぶつ言っていると、背後からツンツンと肩を小突かれた。

「ん？　おお、どうした？」

振り向くと、そこには凛とした顔つきのライチが立っていた。

今日も今日とて動きやすさ重視の革鎧《かわよろい》を装備している。

「ボクにも何か出来る事はありますか？　お手伝いさせてください」

普段は子供みたいな性格のくせに、今は非常に大人びた顔つきで真剣さをひしひしと感じさせた。

「今の時点では何もないが、当日は頼みたい事がある」

ライチの事を見て思いついた。

彼女にも協力してもらおう。

「なんでしょう？」

ワクワクしているところ申し訳ないが、俺の頼みというのはライチにとってなんの旨みもないものだった。

「冒険者組の四人は、屋敷で留守番をしているリリとレレーナを守ってあげて欲しい。戦力にならない二人を絶対に屋敷の外に出さないでくれ」

ミストレード侯爵の狙いはレレーナが保管しているオリハルコンの水晶だ。

奪還を目的としている事から、オリハルコンの水晶の所在が分かれば、必ずそこを目指すはずだ。

つまり、所有者が危険な状況に陥る可能性が高いという事になる。

逆に言えば、所有者を囮に仕立て上げる事も出来るという事だ。

丘の上でオリハルコンの水晶を彼らに見せつける事が出来れば、きっと躍起《やっき》になって攻めてくる事だろう。

「分かりました。噂で聞いた事がありますが、ミストレード侯爵はかなりのやり手だそうですよ？」

「それなら、尚更ライチに任せたい。二人の事を守ってあげてくれないか？」

どこか険しく眉間《みけん》に皺《しわ》を寄せるライチに向かって、俺は真面目な顔を作りはっきりと伝えた。

「っ！　ボク……がんばりますっ！」

ライチは金色の瞳を輝かせ、耳と尻尾をピンッと垂直に立てた。

これでリリとレレーナ、そしてライチが防衛戦に参加しないようにする事が出来た。

当初はライチ率いる冒険者組の四人には前線で戦ってもらう予定だったのだが、相手が千人以上の戦力で攻め入ってくるという事で、その予定は早々に断念した。

そもそも、土の民の土魔法の効果は広範囲に及ぶので、接近戦を主とする四人とは相性がいいとは言えない。

だからこそ、屋敷に留まってもらう事にした。
　屋敷に誰かが攻め入ってくる事などないと思うが、念には念を入れておく。

「頼んだぞ」

「はい！」

　ライチは頼もしい返事をすると同時に、錆びついた剣を腰から抜き払い、さながら近衛騎士《このえきし》のような凛とした佇まいで構えた。
　あまりにも速い抜剣《ばっけん》で辺りに風が巻き起こり、俺の前髪がふわりと揺れる。

「その剣はいい感じか？」

「徐々に剣らしい形に仕上がってきました。モンスターを斬るたびに洗練されていくような気がします。もうそろそろ剣としての姿を見られると思うとワクワクします……っ！」

「そりゃ良かった」

「はい。それと、先ほどボク達の事を〝冒険者組〟と呼んでいましたが、ボク達のパーティ名は〝獣人四人衆《ワイルドフォース》〟に決まったので、これからはそう呼んでください！」

　誇らしげに胸を張るライチは褒めて欲しそうな顔でこちらを見ていた。

「ん？　カッコいいじゃないか」

「えへへぇ……」

お望み通りのリアクションをしてあげると、ライチは頬を赤くして照れ臭そうに微笑んだ。

当初の仏頂面《ぶっちょうづら》からは想像出来ないほどの心からの笑顔だな。

いつ言っても断られる事はないと思うが、彼女の機嫌が良さそうなうちに、併せて別件についても頼んでおこう。

「そうだ……もう一つだけお願いしてもいいか？」

俺は一つ咳払いをして話を変える。

すると、彼女は俺の言葉にふっと我に返り、首を傾げてこちらを見てきた。

「はい。まだ何かありましたか？」

「これからレレーナを連れて、裏の農地にいるセバスチャンのところに向かってくれないか？　詳しくは聞いてないが、何か二人に用事があるらしいぞ」

「ボクとレレーナに用事ですか……？　なんでしょうね？」

「さあな。まあ、とにかく、まずは侯爵が攻め入ってくる時は屋敷とリリとレレーナの事を頼んだぞ」

「はい！　では、皆にも知らせてきますねー！」

ライチは小気味好いスキップを踏んで立ち去った。

尻尾が激しく揺れているので、上機嫌な事は丸分かりだ。

「さて、その隙に俺はオリハルコンの水晶を回収するか」

すまないな、ライチ。

セバスチャンが何か用事があると言っていたというのは嘘だ。

本当はレレーナの部屋からオリハルコンの水晶を手に入れるために離れて欲しいだけだ。

今はレレーナがオリハルコンの水晶を保管しているが、さすがに彼女を囮には使えないので、どうにか部屋から回収して俺の手元に納める必要がある。

俺が所有していれば、俺が自ら囮になって侯爵軍を誘き寄せる事が出来るのだから。

自分の命を前面に出して敵襲から狙われるのは少し怖いが、これこそが最も合理的に敵襲を誘き寄せる方法でもある。

レレーナが不在のうちにさっさと回収してしまおう。

第三章　迫り来る脅威

俺が戦いに対する意志を固めた数日後。

今日は土の民の指揮を全てセバスチャンに一任し、俺は自室に獣人四人衆《ワイルドフォース》を呼んである指示を出していた。

「まずは、これを見てくれ」

俺は大きな箱の中からシルバー色の気品のあるネックレスとリングを取り出した。

「これはなんすか？」

黒い毛色が特徴的な犬の獣人であるワンダは、すんすんと鼻を鳴らしながら、ネックレスとリングを凝視《ぎょうし》していた。

「見ての通り、装飾が施されていないシンプルなネックレスとリングだ。結構綺麗だろ？」

「確かに綺麗っすけど……どうしてこれをあたし達が？」

「ライチが教えてくれたんだが、最近は冒険者の中でおしゃれなアクセサリーが流行《はや》っているみたいじゃないか。だから、その流行りに乗ってみようと思ったんだ。な、ライチ？」

首を傾げるワンダはよく分かっていないみたいなので、俺はその隣に立つライチへと視線を移した。

ライチはキラキラと目を輝かせている。

「はい！　特に、冒険の邪魔にならず主張が控えめでシンプルなデザインが好まれています。そして、何よりも冒険に耐えうる強度と耐久性が重視されていて、市場に出回る普通のアクセサリーだと冒険には不向きなのです。だからこそ、今フーくんが手にしているその二つのアクセサリーは素晴らしいモノだと思いますっ！」

見た目だけでその特徴が分かるとは、さすがライチだ。

これらは以前レレーナから譲ってもらった物だが、ポーションに浸しておくだけでこんなにピカピカなシルバーアクセに様変わりした。

表面には光沢があり、見ても触っても装着しても高級感を感じる事が出来る代物と化した。

回復魔法の力は偉大だ。

「まあ、そういう事だ。もう言わなくても分かると思うが、今後はこれを着けて冒険をして欲しいんだ。最近はメキメキと実力をつけて名を上げているみたいだし、そんな四人が着けているアクセサリーは周りも羨《うらや》ましがるだろうからな」

そう言って俺は、見せていたものとは別の、獣人四人衆《ワイルドフォース》用の装飾を施したアクセサリーを懐から取り出し、ライチ達四人に手渡した。

ライチの物は金色の宝石が、他三人のものには黒く輝く宝石が嵌められている。

販売用のものには何も装飾をしていないが、彼らは特別だ。レレーナに用意してもらった宝石を俺自らの手で嵌め込んだ。

「わぁ……ボク、これ好きです」

「綺麗っすねぇ……」

受け取った四人は感心したような顔になりながらも、不慣れな手つきで首にネックレスをかけて指にリングを嵌めた。

誰もがご存知の通り、我がダーヴィッツ家は絶賛再建中の弱小貴族だから、常に資金が必要となる。

先に控えた戦闘の準備を整えつつも、金策は継続しなければならないのだ。

「あ、ところで、販売方法はどうなるんすか？」

ハッとしたワンダが尋ねてきた。

「既にギルドには話を通してあるから、欲しければギルドの受付で購入可能だ。もちろん、足元を見るぼったくり商人とは違って良心的な価格で手に入るぞ」

密かに街のギルドへと足を運び話をつけてきていたので、そのあたりの心配は無用だ。

ギルドに大量の在庫を置いて、いつでも販売出来る準備は整えてもらっている。

もちろん手数料として少しばかり中抜きはされるが、人員不足の我々からすれば仕方のない事だ。

売れるかどうかは彼女達の活躍にかかっている。

「ほー……やっぱりフローラル様は凄いっすねぇ」

「影響力を持った人の真似をしたくなるのが人間の心理だからな。まあ、とにかく、これからも冒険に精を出して頑張ってくれ。くれぐれも無理だけはしないようにな」

「はいっ！　フーくん、ボク、これ気に入りました！　大事にします！」

「おう」

俺が軽く返事をすると、ライチ達四人は、分かりやすく尻尾をブンブン振りながら部屋を後にした。

顔つきも柔和《にゅうわ》だったので、かなり喜んでくれた事が分かる。

販売用と同じアクセサリーならどうか分からなかったが、やはり各々《おのおの》に特別感を持たせる事は非常に大切だ。

やる気の底上げという意味でもな。

「……俺も行くか」

一人になった俺は、ベッド下の引き出しから瓶を一つ取り出す。中にはどろっどろのポーションが入っている。

小瓶が割れないように麻袋に収納し、そそくさと部屋を後にした。


屋敷から馬を走らせる事数十分。

「やっぱり戦うのは怖いけど、俺も当主として頑張らないとな」

向かう先は屋敷の裏手方向に進むと見えてくる小さな雑木林だ。無数に立ち並ぶ背の高い木々には、剣で斬られた傷痕や鈍器で殴打《おうだ》した陥没痕《かんぼつこん》が残っている。

ここはモンスターが現れないので、その昔は冒険者の訓練場所として利用されていた。

ダーヴィッツ家が土地を貸し与えていたそうだ。

まあ、俺が生まれた頃にはそんな事はもうしていなくて、完全な遊び場になっていたんだが。

そんな子供の頃の遊び場で俺が何をするのかというと……

馬から飛び降りた俺は、麻袋の中から小瓶を三本取り出した。そして、小瓶の蓋を開け、ごくりと唾を呑んでから一気に中身を呷った。

喉を通り抜けるどろどろの液体の味はほのかなリンゴ風味。美味しい事には美味しいが、のど越しがきつ過ぎて味を堪能する事は出来ない。

しかし、この感覚に慣れておかなければ、いざという時にすぐに飲む事が出来ないし、何よりもこの後には更なる制御出来ぬフラストレーションが襲ってくる。

「っ……！」

ポーションを飲んでから数秒後。

俺の身体に異変が生じた。

万全な状態でポーションを飲むと、身体に流れた行き場のない大量の魔力が血液に溶け込み流れ出し、それらを物理的な力に変えて、どうにか発散しようと試みる。体の制御は瞬く間に奪われ、落ち着かせるのは容易ではない。

以前、リリの前で飲んでみせたように、体調が悪いのであれば話は別だが、今の俺は万全なコンディションだ。

ゆえにこの力を抑えるのは不可能だった。

「やっぱ……きっついなぁ……」

視界は歪み、両手は震えていた。

ぬかるんだ地面に立つ二本足は痙攣《けいれん》している。

でも、これでいい。こうじゃなきゃいけない。

何かあった時は、俺が最前線で戦わないといけないんだ。

だから、この感覚に慣れておかないといけない。敵を前にした時の恐怖心に対して少しでも抗え

るように……この力を制御して迫り来る敵を打ち倒せるように……民を、仲間を、皆を、この手で守れるように！

俺は森の中を駆け抜けた。

雑木林に差し込んだ光を避けながら、機敏な動きで木々の間を縫うように疾走し、蔦《つた》に絡まる事もなく、軽やかに身をかわす。

足元の根っこや突き出た岩にも対応し、バランス感覚を鍛えていく。

体が勝手に動く。まるで自分の体ではないようだ。

時折、高くそびえ立つ木の枝に跳び乗り、大胆に飛び降りる事で俊敏性《しゅんびんせい》を磨く。

空中で体をひねり、姿勢を整えつつ、着地に備える。一瞬の油断もなく、鋭い目で周囲を見渡し、次なる挑戦に備える。

周囲は敵に囲まれている。そんな想定を常に頭の中で行い、ただひたすらに動き続ける。

次に、俺は雑木林の中でも一際《ひときわ》大きな木の前に立つと、その木を思いきり殴る。

力強く振るわれる拳が木の表面に激突し、迫力ある音を響かせる。木の表面は大きく歪み、穴こそ開いていないが深く陥没していた。

俺は何度も拳を叩き込んだ。

力の全てを出し切るその時まで。

やがて、激しい動悸と息をするのも忘れるほどの脱力感が俺を支配し、まるで自分が自然と一体化するかのような感覚になる。

その瞬間。俺はふっと操り人形の糸が切れたかのように、力無く膝から崩れ落ちた。

同時に大木はめきめきと音を立てながら、反対方向に倒れていく。

「はぁはぁはぁ……っ……！」

俺は仰向《あおむ》けになって息を荒らげる。

ぼやける視界の先には木々の枝の隙間から差し込む光と青空が見える。ぬかるんだ地面は気持ち悪いが、全く身動きが取れない。

ただ、確かな充足感が胸を満たしていた。

きっと、今の一連の動きに要した時間は、一分足らずだろう。それでも俺は自分の全てを超える事が出来た。

ほんの僅かでもいい、さっきの俺はきっと誰よりも強かったはずだ。

日頃から戦いに身を投じている者達とは違い、俺は外部から魔力を取り入れる事に慣れていない。

そのため、先のような症状が顕著に表れる。

危険な賭けではあるが、その効果は絶大だ。

まあ、他の人に使えとはとても言えたものじゃないが。

「……確かに……動き回った後は頭がくらくらするし腹も減るな」

俺はライチが栄養価入りのポーションを望む理由を、改めて身に染みて実感した。

今、もしもこの場にモンスターが現れたら、俺は間違いなく食い殺される。

野営をする時なんかもそうだ。食事は必要不可欠だが、その時間が命取りになる可能性だって大いにある。

呑気に屋敷で食事を楽しむ俺と違って、冒険者がそこに時間を割いていられないのは当然だ。

ひと月後に控える戦いが一晩で終わらない可能性も踏まえて、早急に新作ポーションの製造に取りかかる必要がありそうだな。

「……疲れた。しばらく眠ったら帰ろう」

まだまだ明るい時間ではあったが、差し込む光量が少なくあたりが薄暗いのと疲労が相まって、俺は気がつけば目を閉じていた。


目が覚めたら、既に夜になっていた。

体の疲労感はまだまだ残っているが、いつまでもこんな雑木林にいるわけにもいかない。

俺は隣で一緒に眠っていた馬を起こすと、すぐさま屋敷に戻った。

「……だいぶ帰るのが遅くなっちゃったな」

馬を厩舎《きゅうしゃ》に戻して、屋敷の玄関戸を開けた俺は、閑散とした一階フロアに入った。明かりが消えており、しんとしている。

この静けさは、夜は夜でも真夜中だろう。

既に皆寝ているようだ。

どうやら、最低でも十時間以上は眠っていたようだ。

早く部屋に戻って明日に備えないと。

ミストレード侯爵が攻めてくるまでに、土の民の指揮を執り、準備を整えなくてはならない。

「……」

俺は手すりや壁に手をつきながら、ゆっくりと歩みを進めて私室へと戻る。

真っ暗闇の中では歩行さえ困難となる。

地の利を活かすためにも、出来れば襲撃もこのくらいの時間でやってくれると助かるな。

そんな事を考えながら自室の扉を開くと、俺は妙な違和感を覚えた。月明かりに照らされる部屋の中は、目が慣れてきたのかよく見える。

間取りや家具の置く位置、雰囲気なんかは俺の部屋で間違いない。

ただ……部屋の中央に見えるアレはなんだ？

高さ一メートル以上になっているあの袋の山はなんだろうか。

部屋には誰でも入る事が出来るので、きっと誰かが置いて行ったのは間違いない。

俺は恐る恐る山に近寄ると、その手を伸ばした。

じゃら……っと、硬貨がぶつかり合う音が聞こえてくる。

「……え？　お金？」

俺は中身を確認した。

すると、麻袋には大量の硬貨が詰め込まれていた。どの麻袋もそうだった。主に銅貨や銀貨だったが、その数は金貨何百枚分にもなる量だった。

「一体これは……」

身に覚えのないお金は少しだけ怖い。

出所が全く分からないし、考えても見当がつかない。

俺の考えた新規の二つの商売のうち、一つは始めたばかりでもう一つはスタートラインにすら立てていないのだ。

これはどこから湧き出たお金なのだろうか。

「分からんな」

考えても一向に分からなかったので、俺は適当に服を脱ぎ散らかしてベッドへダイブした。

屋敷の誰かが置いていったのは間違いない。朝になったらリリに聞くとしよう。朝食の配膳と部屋の掃除のために必ずここにやってくるしな。

朝起きたら、眼前に怒った様子のセバスチャンがいた。

「……セバスチャン？」

俺は上体を起こして寝ぼけ眼を開いて彼と視線を交わす。

「心配したのですよ」

セバスチャンは悲痛な面持ちで唇を噛んでいた。

普段はあまりこういった風に感情を出さないのに、一体どうしたのだろうか。珍しく屋敷にいるし、珍しくタキシードを着ている。

「心配？」

「ええ。まさか二週間もお屋敷を離れて外出なさるとは……それも、我々の誰にも、何も告げずに行かれるだなんて、お散歩の際に人攫《ひとさら》いにでも遭ったのかと思いました」

「……二週間って嘘だろ？　俺は向こうの雑木林で少し仮眠を取っていただけだぞ？」

無断で屋敷を空ける事なんて今までなかったし、しかもそれが二週間になるなんてありえない話だ。

俺が不在にしていたのはたかが十時間程度だと思う。

「フローラル様、もしやどこかで頭を強く打たれましたか？」

「いや、そんな事はないと思うけど……え？　まさか本当に二週間も経ってるのか？」

セバスチャンは嘘など吐いていないような本気の表情だった。

二週間って……おかしいだろ。

「……ええ。今日でちょうど二週間です。本当に覚えておられないのですね」

「悪い……まさか二週間も屋敷を空けていたなんて思わなかった。俺がいない間に何かあったか？　例えば、そこのお金とか……俺の知らないお金なんだけど」

俺は何一つとして記憶のない麻袋の山を指差した。麻袋の一つ一つがリスの頬のように膨れ上がり、かなりの量の硬貨が詰め込まれている。

「そちらはゴロンガとベン、そして獣人四人衆《ワイルドフォース》が稼いだお金になります」

「野菜とポーションの販売に冒険の報奨金《ほうしょうきん》が合わさっても、ここまでいかないだろ？」

「それらに加えて、フローラル様が企てていた冒険者用アクセサリーの売れ行きも好調でして、更に、栄養価入りのポーションの販売も開始しております」

「はぁ？　アクセサリーは分かったけど、栄養価入りのポーションはそう簡単に作れないぞ？」

栄養価入りのポーションに関しては、まだ試行錯誤すら始まっていない段階だった。野菜や果物を粉砕出来るような器具の調達が済んでいない。

そんな俺の疑問を受けたセバスチャンは、麻袋の山を眺めながら口髭《くちひげ》を撫でた。

「ミストレード領に行っていた二人が、物々交換で魔道具を手に入れてくれていたのです。風を起こす魔法を用いて、野菜と果物を粉砕する魔道具のようです。本当に運が良かったと思います」

「……ラッキーだな」

「ええ。ちなみに、製造方法は、普通のポーションの中に粉々にした野菜と果物を混ぜ合わせるだけです。食感はドロッとした粘り気を帯びますが、味が中々良くて〝ミックスポーション〟として販売を開始しております。無論、こちらも売れ行きは絶好調です。どうぞ、事後報告になりますが、その目で完成品をお確かめください」

セバスチャンは懐から小瓶を取り出すと、執事らしく膝を曲げて手渡してきた。

「これがミックスポーションか……」

小瓶を傾けたりして中身を確認してみると、確かにかなり粘り気があるように見える。

色は普通のポーションらしい緑色ではなく、濃厚なオレンジ色だった。

色だけ見ると、薬っぽさがなくなり、野菜や果物らしいフレッシュな色合いになっている。

「薬屋を営んでいたベンが獣人四人衆《ワイルドフォース》と意見交換を行い、上手い塩梅《あんばい》に調合してくれました。是非、飲んでみてください。二週間も眠っていたのであればお腹が空いているでしょう？」

「ああ。いただかせてもらうよ」

俺は小瓶を開けてゆっくりと口にした。

味は……うまい。野菜と果物の甘みがマッチしており、粘り気がありながらも口当たりが良く、するすると飲み干す事が出来る。

完全な栄養食としては不十分だろうが、食事を時短で済ませたい時なんかは重宝しそうだ。

「……凄いな。これは爆売《ばくう》れしているんじゃないか？」

美味しくするする飲めるため、いつの間にやら小瓶は空になっていた。

「爆売れでございます。スモーラータウンのギルドにしか置いてないので、噂を聞きつけた遠方の冒険者が買いに来ているそうですよ。便利な魔道具が手に入って本当にラッキーでした」

本当に運が良かっただけなのか。相当ツイているな。

風を起こす魔法とかなんとか、そんな魔道具についてはよく分からないが、とにかく、あのお金の正体はこれではっきりした。

「あれは俺が呑気に眠っていた二週間のうちに稼いだお金って事だな？」

俺は溜め息交じりに尋ねると、ベッドから抜け出して麻袋の山を見下ろした。

二週間でこれが稼げるのなら、俺はもう働く必要なんてない気がする。

「左様です」

「皆は心配してなかったか？」

『フローラル様は皆様を信じて精神統一の旅に出ております。帰ってきた時にびっくりさせてあげましょう』と、上手く説明しておきましたので御安心ください。皆様、張り切って働いておられましたよ」

「……そ、そうか。相変わらず人のテンションをコントロールするのが上手だな」

「それほどでも。それより、こちらをご覧ください」

「ん？　手紙か。誰からだ？」

俺はセバスチャンから一枚の手紙を受け取ると、いつものソファに腰を下ろした。

「ミストレード侯爵からです。申し訳ありませんが一週間ほど前に届いたものなので、既に私の方で目は通してあります」

「いや、それは大丈夫だ。それにしてもこの局面で手紙か」

俺は一つ息を吐いてから手紙の中身に目を通す。

『いけ好かない貧乏貴族のダーヴィッツくんへ

お元気かな。元気だと嬉しい。

なぜなら、その方が潰し甲斐があるからだ。

こんな手紙をわざわざ送ったのは他でもない。これは吾輩からの最終警告である。

早急に吾輩の領土へ足を運び、地に額を擦《こす》り付けて許しを願うならば、考えをあらためてやらなくもない。

しかし、それを断るのであれば話は別だ。

一週間後の夜半。そちらに戦争を仕掛け、全ての民と財を頂戴《ちょうだい》する。くれぐれも判断を誤らない事だ。

ジョウジ・ミストレード』

セバスチャンの言っていた通り、送り主はミストレード侯爵だった。

相変わらずの態度で煽《あお》ってきている。

「なぁ、この手紙にある一週間後って……」

「約束通りであれば、本日の夜半ですね」

脅威が間近に迫り過ぎたがゆえに、俺は一周回って冷静になっていた。

今日の夜半に侵攻が開始されるって事だ。

「……だよな。やばいじゃん」

俺が二週間も雑木林でおねんねしていた間に、とんでもない事態になりかけている。

予定よりも相当に侵攻が早いので、近隣領地の侵攻が上手くいき勢いそのままに仕掛けてくるという事なのだろう。

「そうでしょうか？」

セバスチャンは俺とはまた違う意味で冷静だった。すっとぼけたような顔で俺を見てくる。

「だって、まだキャッスル・ヒルの土の砦と防御壁だって完成してないんだろ？」

「いえ、既に完成済みです。常に臨戦態勢は整えておりますので問題ありません」

「……もしも俺が帰らなかったらお前はどうするつもりだったんだよ。ミストレード侯爵って腕っ節がかなり強いんだろ？」

「きっと私と同格、あるいはそれ以上の実力者でしょうね。なので、たとえ刺し違えてでも、ダーヴィッツ家を守る所存でした」

セバスチャンは迷う素振りを見せず言い放つ。

自己犠牲をも厭《いと》わない忠誠心の高さには感服するが……彼がいなくなると寂しい。

「セバスチャン……」

「ですが、フローラル様がお戻りになられて本当に良かったです。土壇場《どたんば》で戻ってこられたおかげで皆の士気が格段に上がりますからね。幸いにも向こうは油断しているようですし、土の民の存在もバレておりませんので、地の利を活かせば容易に勝利を手にする事が出来るでしょう。私の出る幕はなさそうです」

冗談めかして笑っていたが、俺としてはそんな余裕を持っていなかった。

「……だといいけどな。とにかく、俺はポーションを大量に作ってからキャッスル・ヒルに行ってみる。外が明るいうちに罠の確認と作戦を練っておきたいんだ」

俺はソファから立ち上がると、正装を脱ぎ去って革の軽鎧を装備した。いつだったか父からプレゼントしてもらったが、まさか使う日が来るとは思いもしなかった。

「かしこまりました。では、私は土の民に招集をかけておきます。ついでにゴロンガやベンも呼んでおきましょう。きっと役に立ちます。獣人四人衆《ワイルドフォース》の皆様や、リリさんとレレーナさんはいかがなさいますか？」

「土の民の中でもまだ小さい子供とリリ、レレーナは戦力として数えられないから、屋敷に留まらせておいてくれ。ライチ達には屋敷の防衛をしてもらう」

「彼女らは全く加勢させないつもりですね？」

「ああ。頼んだぞ」

「御意」

セバスチャンは俺の意図を汲んだのか、恭《うやうや》しく頭を下げてから部屋を後にした。

既にリリ達には話を済ませて、ライチには手を回してある。きっと俺のために何かをしたい、戦いたいという気持ちを持っているのだろうが、命が懸かったこの戦いには巻き込めない。

「……行こうか」

俺はタンスの奥に隠していたオリハルコンの水晶を取り出すと、セバスチャンに続いて部屋を出た。

向かう先はキャッスル・ヒルだ。

夜までには現場の確認を済ませて準備を整えておきたい。

第四章　戦いの時

美しい夜空。

雲一つない夜空には、星々が儚《はかな》くも力強く煌《きら》めいていた。

オリハルコンの水晶を満月に重ねてみると、金色の光が美しく反射し、心を安らかな気持ちにさせてくれる。

もうすぐ予定の夜半になる。

俺は土の砦の前に一人で佇むと、西の方角を凝視した。

すると、月明かりに照らされる人影と揺らめく炎が幾つも見えた。松明《たいまつ》を持ちながら進軍してきている。

かなり広範囲に散らばっており、数は千を優に超えていそうだ。

俺はふっと一つ息を吐くと、彼らとの距離が近づくごとに徐々に気を引き締めた。

「さあ、準備はいいか？」

同時に両の手のひらを二度ほど叩き合わせ、土の城の中で待つ皆に合図を送る。

こうして戦場を上から見下ろす形で確認する事が出来るのはかなり有利だ。

「いよいよお出ましか」

やがて、数分ほど経過すると、丘の麓から数十メートル離れた地点で彼らは停止した。

そして先頭に立つ一人の騎士がこちらに長剣を向けて口を開く。

「貴様は何者だ！　まさかダーヴィッツ家の使者か！　侵攻の邪魔をしようものなら容赦せんぞ！」

それなりの距離があるため、大声でこちらに脅し交じりの言葉で聞いてくる。

どこかで見覚えのある容姿に聞き覚えのある声だったが、考える間もなくすぐに思い出した。

向こうは夜の暗闇のためか、はたまた下から見上げているためか、俺が誰なのか気がついていないようだ。

「……ハンズ、だったか」

俺は小声で呟いた。

「黙秘するとは、我らが侯爵様を愚弄する気か！」

一人で叫び散らしている男の名前はハンズ。

少し前にミストレード侯爵の遣いとして屋敷にやってきた騎士だ。

そして、その数メートル後ろで馬に跨《またが》っている初老の男。

長い髭を顎に蓄え、黒い長髪を後ろで束ねている。更に顔には幾つもの深い皺と古い傷が刻み込まれており、それは歴戦の猛者の雰囲気をひしひしと感じさせた。

重厚な鎧もおそらく上等な物だろう。もしかしなくても、あの男がミストレード侯爵で間違いはなさそうだな。

「……」

俺は観察を続けながらも無言を貫いた。

向こうが感情的になればなるほど判断力を失ってくれる。現に、ハンズを筆頭とした数多《あまた》の騎士達も、続々と臨戦態勢に入っていた。

おそらく俺が邪魔立てをしようとしている敵だと思っているのだろう。

その見立ては正解だ。しかし、彼らが勇めば勇むほど、俺達は有利になる。

「侯爵様、ここは一つ、しっかりと罰を与えておくべきだと思います。それに以前までは古の城跡地には瓦礫しかなかったのに、今では巨大な城まで造られています。おそらく癪《しゃく》に障《さわ》る男爵野郎の仕業です。このまま砦ごと乗っ取ってしまいますか？」

ハンズは半身を後ろに向けると、数メートル背後で馬に跨るミストレード侯爵に尋ねた。

武闘派と呼ばれる侯爵の事だ。きっとハンズの提案に乗るだろう。俺はそう踏んでいた。

しかし、侯爵は一つ咳払いをすると、至って冷静な表情で首を横に振る。

「構うでない。本来であれば吾輩のレイピアで串刺しにするのが筋なのだが、今回は夜半の奇襲である。騒ぎを起こしてバレてしまっては元も子もあるまい。最短ルートで進めないのは残念であるが、仕方ない。迂回《うかい》して侵攻する。いいな？　それに、吾輩の知るダーヴィッツは、腹に無駄な脂肪を溜め込んだ無様な男である。あの貧弱そうな若造はダーヴィッツではない」

「ははぁ！　では、これよりキャッスル・ヒルを迂回する！　侯爵様の命令だ、やつには構うな！」

ミストレード侯爵の言葉は絶対なのか、ハンズは迷う事なく後方の騎士達に指示を送った。

それにしても、意外にも冷静で驚いたな。

手紙の文面を見た限り、感情的な性格で融通が利かないやつかと思ったが、案外そうでもないらしい。

だが、迂回はさせない。

俺達が地の利を活かすために、お前達には絶対にキャッスル・ヒルを通ってもらうぞ。

「まさか怖気づいたのか！」

「……」

俺が煽り口調で声をかけたが、ミストレード侯爵は無視をして馬を歩かせる。

「逃げるのか？　俺が怖いか？　夜半に戦争を仕掛けるとかなんとか手紙に書いていたが、いざ敵を目の前にしたらそうやって逃げ惑うのか？　天下のミストレード侯爵が聞いて呆れるよ！」

俺は尚も大きな声で、確実に侯爵の耳に届くように言葉を続けた。

馬鹿にするような挑発的な口調を意識する。

「……む？　貴様、ダーヴィッツ家の者か？　あそこには老いぼれた執事と喧《やかま》しいメイドがいたはずだが、やつらはどうした？　貧乏人がゆえに金が底をついて解雇でもしたか？」

ミストレード侯爵は途端に馬を止めると、ギロリとこちらを睨《にら》みつけてきた。

老いぼれた執事と喧しいメイドという言葉で、誰を指しているのか分かってしまうのが申し訳ない。

「二人は大切な召使だ。解雇なんてするはずがないだろ？」

大金貨と引き換えに辞めていった召使達は自主退職という形になるが、俺が望んでセバスチャンとメアリーを解雇するなんてありえない話だ。

「これだけで話が通じるという事はダーヴィッツ家の者で間違いなさそうだな。名乗れ！　そして肥え太った当主を出せ！　吾輩の誘いを無下にした挙句《あげく》、大切な宝を強奪した大罪を償《つぐな》わせてやろう！」

ミストレード侯爵は手綱を上下させて馬を嘶《いなな》かせると、少しだけ語気を強めて言葉を吐いた。

凄い剣幕だ。

「お初にお目にかかる。ジョウジ・ミストレード侯爵。俺はフローラル・ダーヴィッツ！　亡き父上に代わり、新たに当主となった者だ！」

俺は侯爵に向かって名乗りを上げると、大袈裟なくらいに両手を広げて胸を張った！

丘の麓にいる全ての者の注目を一身に集めるために。

その瞬間、辺りはしんとした沈黙に支配される。

しかし、そんな沈黙は侯爵の高笑いによって打ち消される。

「くくくく……っ……くはははっ！　あいつは死んだのか！　して、貴様のような小坊主が当主とな？　笑わせるでない。てっきり諦めて逃亡を図るか、大人しく降参しているものだと思っていたが、真っ向からぶつかり合うつもりなのであれば、吾輩も受けて立とう！　完膚なきまでに叩きのめした後は、じっくりと拷問《ごうもん》を楽しんでから、オリハルコンの水晶の在処《ありか》を吐いてもらうぞ!!」

ミストレード侯爵は口を大きく開いて一頻《ひとしき》り笑った後、勢いよくレイピアを抜き払って切っ先を天に掲げた。

あまりの速さに辺りには風が舞う。

先ほどの冷静で無表情な侯爵とは訳が違う。

今はまるで、人を殺《あや》める事を楽しみに感じているような猟奇的な笑みを浮かべていた。

ハンズを含む騎士達もそれは同じで、ミストレード侯爵をすっかり盲信しているのか、各々の武器を天に掲げて思い思いの物騒な叫び声を上げている。

これはレレーナの部屋から拝借、もとい盗んできたオリハルコンの水晶を見せずとも、こちらの思惑通りに事を進められそうだ。

だが、もっと確実に進めるためにも、やはりオリハルコンの水晶はしっかりと彼らの目に焼き付けておくべきだろう。

より俺への注目を集めさせて、上手く罠に誘導するのが勝ち筋となるのだから。

地の利を活かして数の差をひっくり返すにはそれしかない。

「在処なんて言わずとも俺が持っているさ。欲しいのはこれだろ？　いいぞ、勝ったらくれてやる。だから……全力でかかってこい！」

俺はオリハルコンの水晶を見せびらかすようにして、手のひらの上に乗せた。

堂々と見せつける。

ここに求めている物があり、尚且つ殺したいダーヴィッツ家の当主もいるとなれば、もう迂回しようだなんて思考は完全に無くなるはずだ。

「くはははっっ！　一石二鳥ではないか！　貴様を殺し、ダーヴィッツ家を滅ぼし、オリハルコンの水晶をいただき、最終的に全てを我が領土としてやろう！　後悔しても知らぬぞ。吾輩達は攻《こう》城戦《じょうせん》なら何度も経験しているがゆえ、夜明けまでには決着がつくだろう！　くだらない籠城は通用しないと思え！」

ミストレード侯爵並びにハンズ達騎士連中は、皆一様に余裕綽々《よゆうしゃくしゃく》といった表情だ。

それでいい。とことん油断していろ。我がダーヴィッツ家が格下だという認識をもっと持て。

「……ふふ」

とんとん拍子に運んだ事で、俺は思わず笑みを漏らす。

無論、向こうからは暗闇の奥にいる俺の姿ははっきり見えていない。

さて、ここまでは順調だ。後は参謀のイザベル・シャドーハートという人物が気になるが、一体どこにいるのだろうか？

この規模の軍団の指揮を任されるくらいだから、相当に優秀なはずだ。

侯爵軍と違い、俺達は僅かなミスも命取りなので、土の民に的確な指示を送りながら対応する必要がある。

「地の利を獲得したところで、人数差を覆す事は不可能である！　イザベルよ。軍勢の指揮を執り、やつらを夜明けまでに壊滅《かいめつ》に追い込め！　あんな脆弱《ぜいじゃく》な砦など崩壊《ほうかい》させてしまえ！」

ミストレード侯爵は威勢よく叫ぶと、自身の後方に佇んでいた一人の人物に檄を飛ばす。

俺が探すまでもなく、目的の人物は勝手に現れてくれた。

「わたくしにお任せくださいませ。ミストレード様」

静かだがよく通る声で返事をしたのは、声色《こわいろ》からしておそらく女性だ。

女性はゆったりとした足取りで前に躍り出ると、足の先まで覆うほど長いスカートを摘んで恭しく頭を下げた。

その首には重厚な首輪が見えるので、彼女こそイザベル・シャドーハートで間違いなさそうだ。

ところどころ赤いラインがあしらわれた漆黒《しっこく》のボールガウンを着用しており、スカート部分は大きく膨らみ、かなりのボリュームがある。

また、フリルとリボンが付いたジャケットを羽織り、両腕にはフィンガーレスグローブまでつけているため、肌の露出はほとんどない。顔にも全てを覆い尽くす真っ白い奇妙な仮面をつけており、表情は全く窺えない。

「侯爵さん、あんたは戦わないのか？」

俺は背を向けた侯爵に声をかけた。

これは挑発ではなく単なる疑問だった。武闘派で有名なミストレード侯爵は最前線に立たないのだろうか。

「吾輩は高みの見物をさせてもらう。トドメの一撃は吾輩自らの手で心臓を一突きしてやるゆえ、そこで震えて待っているといい。くはははははっ！」

侯爵はこちらに顔を向ける事なく大きく笑うと、最前列からやや後方に移動した。

完全に油断しているようだが、心臓を突かれて殺されるなんて真っ平ごめんなので、こちらは油断せずに臨ませてもらう。

まあ、油断も何も待ち構えて迎え討つだけなのだが……

「一つ言っておく。俺達は確かに人数は少ないが、この時のために着実に準備を整えてきた。戦争なんて物騒なもんは嫌いだから、防衛をしつつも撃退する手立てを幾つも考えた。だから、こちらから無闇矢鱈に攻撃を仕掛けるような真似はしない。その力で牙城を切り崩してみろ。以上だ！」

俺は言葉を言い放ち踵を返すと、土造りの外壁に向かって歩を進めた。こちらから攻撃しないという事実を伝える事で向こうが仕掛けやすくなり、上手くトラップに誘い出す事が出来る。

「砦の中から戦況を見守るとするか」

俺が一つ指を鳴らすと、目の前の外壁の土がガラガラと崩れ去り、人一人が簡単に通れるほどの大きさの穴が開いた。

その穴は俺が中に入ると即座に塞がる。

高さ十メートル以上ある外壁には出入り口は存在しないので、外から中に入るには内部の土の民に協力を仰ぐ必要があるのだ。

それが無理なら破壊するしかない。

「皆、頼んだぞ！」

砦の一階部分にいる数十名の土の民に声をかけた。

強気な顔つきで頷く彼らには、一階部分の防衛を任せている。

「さて……どんな攻撃を仕掛けてくるかな」

砦の中に入り、内部に設けられた螺旋階段《らせんかいだん》を上った俺は、二階の空間を通過し三階へと向かう。

二階の開けた回廊には、これまた別の土の民とゴロンガ、そしてベンがいる。

土の民の役割は、上方からの土魔法を用いた軍勢の鎮圧だ。

土魔法の〝対象を視界に捉える事が出来れば魔法を発動出来る〟という点を活かし、あえて開《ひら》けた空間から敵全体を見渡してもらう。

土魔法を使えないゴロンガの役割は、大量に魔力を消費した彼らへのポーションの供給だ。これは俺が急いで製造したものである。

ベンにもゴロンガと同じ役割を与えている。

ちなみに、下からの弓矢や槍の投擲、魔法での攻撃については問題ない。二階こそ開けた空間になっているが、三階に至っては戦況を把握するための小さな覗き穴しかないので、狙って攻撃を当てられる危険性は極めて低いと言える。

「大丈夫。問題ない」

俺は少しばかり早い鼓動を自身の言葉で落ち着かせる。

そして、一つ息を吐いて覗き穴から丘の麓を見下ろすと、イザベルが自身の両手を絡めて天に祈りを捧げている姿が見えた。

「今宵もミストレード様の命《めい》に従い、イザベル・シャドーハートは全身全霊を懸けて勝利する事を誓います」

しんとした夜半過ぎのキャッスル・ヒル。

彼女の声だけが辺りを支配した。

感情の込められていないその誓いの言葉は、奴隷がゆえの無機質なもののように思える。

真意は不明だが、とにかく人間的な雰囲気は一切感じられない。

その服装も相まって、まるで誰かに操られて自我を失う悲しい人形のように見えた。

「……隷属の首輪の力、か」

俺がポツリと呟くと同時に、イザベルは小さく肩で呼吸をして口を開く。

とても本意でやっているようには思えない。

「『無闇矢鱈に攻撃を仕掛けない』という相手の言葉に嘘はありませんでした。なので、こちらから一方的に攻撃を仕掛けます。まずは城そのものに向けて多くの弓矢を放ちなさい。強度を確認します」

イザベルが至って冷静な口調で指示を送ると、弓を持つ数百人の騎士は統率の取れた動きで弓を構えた。

目一杯、弓を引き狙いを定めている。

「放ちなさいっ！」

刹那。イザベルが出した合図とともに、一斉に弓矢が放たれた。

角度は斜め上方に六十度ほど。

外壁を越えて城の上から降り注ぐような形で放たれた弓矢は、綺麗な軌道を描いてこちらに向かってくる。

そして、数秒後に土壁と衝突。

同時に矢の先端部分である鏃《やじり》と、土壁の表面部分が衝突する鈍い音が聞こえてきた。

覗き穴から戦況を見る俺の近くにも矢が飛んできていたが、矢は土造りの砦に突き刺さるどころか、あっさりと弾かれて下に落ちていく。

「弓矢程度で突破は不可能だぞ」

事前に結果が分かっていた俺は笑みを浮かべた。

さぞ困惑しているだろうと丘の下にいるイザベルに目を向けるが、彼女は特に動揺しているわけではなさそうだった。

「物理破壊は難しそうですね。では、魔法で外壁を破壊し、中に侵入を試みます。後衛の魔法部隊はすぐさま己の最大限の力を注《つ》ぎ込んだ水魔法の詠唱を開始してください！　見たところ、あの砦と外壁の材質は単なる土です。一点に攻撃を集中させる事で穴を抉《こ》じ開けます」

イザベルは尚も冷静に分析を続け、次なる作戦の指示を味方全員へ出した。

彼女の言葉に従い、最後方にいた杖を構えた魔法使い達が次々に詠唱を始める。

一瞬にして城と外壁が土造りである事を見破るとは……暗闇の中でこれだけ離れていれば、色での判別は出来ないだろうし、きっと経験値からだろう。

凄い洞察力だな。

「前衛部隊は進軍の準備を始めてください。複数方向から砦を目指し、礎《いしずえ》となる部分と外壁の脆弱な部分を探すのです」

続け様に放たれたイザベルの言葉に、前衛で剣や槍を構えていた騎士達は広範囲に分散し始めた。

魔法を除いた遠距離からの攻撃では太刀打ち出来ないと踏んだようだ。おかげでこちらの想定していた展開に持ち込めそうだな。

やがて、騎士達は横に広がった陣形を取ると、剣と槍を構えて、緩やかな丘に向かって一気に駆け出した。

しかし、そんな進軍は俺が仕掛けたトラップによって一瞬にして終わりを告げる。

「ぐわぁぁっ!?」

「な、なんだこれは!?」

「落とし穴だ！　後方部隊は今すぐに立ち止まれ！　距離を取り範囲を見極めろ！　かなり深いぞ！」

騎士達はいとも簡単に落下した。

ズボッと地面が一気に抜ける感覚に戸惑いを隠せず、先に駆け出した最前線の一隊が僅か数秒で地に落ちた。

落とし穴の下にはぬちょぬちょとした粘度の高い土を敷き詰めてあるので、一度嵌ってしまえば、外部からの手助けがないと抜け出すのは困難だ。

しかし、ここは彼らからすれば戦の場。

落とし穴に落ちた味方を助けるために相手に背を向けるという考えは持っていない。

「これで前衛の二割くらいは落ちたか？」

落とし穴があると思わずに全力で丘に向かって駆け出してくれたから、予想よりも多くの人数が落とし穴に落下していった。

「っ……立ち止まりなさい！　簡易的な落とし穴です。地面の色が違うからよく見極めるのです！」

困惑する騎士達を見かねたのか、イザベルは即座に土の色の違いを指摘した。

よく観察しているようだが、これもわざと。

あえて気づかせるため、分かりやすく土の色を変化させるように土の民に指示を与えていたのだ。

全ては次のステップに繋げるために。

「さあ、早く迂回しろ。少し側面に回れば落とし穴はないぞ」

俺は上から騎士達の動向を観察しながら呟く。

すると、案の定と言うべきか、騎士達は続々と真正面から側面に回り、落とし穴がない場所から侵攻を始める。

普通は一つ目の手立てが失敗した時は二つ目の手立てを探し、どうにか現状を打破しようとするものだ。

基本的には思考を重ねて平静を保ち、別のトラップがある事を常に念頭に置き行動に移す。

しかし、油断や慢心を自身の心に宿した状態で、尚且つ、こうして目の前で仲間を失った状況では、正常な判断を下す事が出来ず、安易な行動に出てしまう。

これは人間の心理を利用したトラップだ。

俺が格下であるがゆえに機能する。

「ははぁっ！　何が防衛だ！　略奪戦争ってのは攻める方が勝つんだよ！」

一人の騎士――ハンズが意気揚々と緩やかな坂道を駆け上がる。

彼は後方に騎士達を率いて麓から中腹部にまで到達していた。

「いい調子だ。さあ、全員を突き落とせ！」

おそらく、そろそろ仕掛けがある地点に到達するので、俺は二階にいる土の民の耳に届くように大声を出した。

俺の指示を受けた土の民が魔法を発動すると、なんの変哲もなかった緩やかな丘が轟音《ごうおん》と共に蠢き始めた。

「男爵さんよぉぉーっ！　びびって隠れてねぇで、とっととその宝をよこしやがれ！　今なら命くらいは――うわぁっ⁉　んだよこれ⁉」

もちろん、ハンズやその他の騎士達は焦り始めるが、丘の蠢きは留まる事を知らず、地面から次々と現れる粒子の細かい土が彼らを呑み込んでいく。

蠢く土は彼らが身に着ける重厚な鎧や、手に持つ剣や槍を華麗に搦《から》め取りながら、地面の中へと引き摺り込んでいく。

やがて、全てを奪われ丸裸にされた騎士達は、流されるがままに丘の麓の落とし穴に導かれていくと、全く抵抗出来ずに穴へと落下し姿を消した。

ハンズの叫びも虚《むな》しく、その姿はもうそこにはない。

「土の民も気合が入ってるな」

短い時間の中で何度も試行錯誤を重ねたトラップだったが、こうも上手くいくとは思わなかった。

練習段階では重たい鎧と剣を持っている事を考慮したら、緩やかな坂から人間を落とし穴に落とすのはあまり成功率の高くない仕掛けだった。

　しかし、本番になって地面が唸りを上げて蠢くほどの魔力を用いて、土魔法を発動してくれたので本当に助かった。

　二階にいる土の民は今頃俺のお手製のポーションを飲んでいる頃だろう。ゴロンガが笑顔でせっせと配り歩いている姿が目に浮かぶ。

「とにかく、これで前衛の半分は戦闘不能か。よーし！　皆！　後は無理やり脱出してこないように蓋をしてくれ！」

　一段落したところで、俺は即座に追加で指示を送る。

　すると、俺の言葉の通り、横に広く掘られた深い落とし穴は、一瞬にして土の蓋に覆われた。

　残すところは、剣や槍、弓などを構えてはいるものの、すっかり狼狽《ろうばい》している多数の騎士達と、依然として後衛で詠唱を続ける数百規模の魔法使いくらいか。

　後は真ん中の辺りでプルプルと震えている初老の男だな。

「ッ……!!　ぬぅわぁぁにぃぃぃをしておるっ!!　イザベル！　奴隷一族の役立たずのお前は、どうして仕掛けの一つも見破れんのだ!!」

　ここまで静かに戦況を見守っていたミストレード侯爵は、自身のやや前方に立つイザベルを激しく怒鳴りつけた。レイピアの柄の部分で彼女の腹を殴打する。

同時に辺りは静寂に包まれ、彼女は無言で侯爵に体を向けて頭を下げた。

痛みに悶えるわけでも、堪えるわけでもなく、淡々と静かな言葉を紡ぐ。

「申し訳ございません」

きっと無理やり従わされているだけで何も悪くないのにな。

「吾輩の顔に泥を塗る気か！　いくら対策されようと、それを上回るのが貴様の役目であろうが！　とっととやつの心臓を抉《えぐ》り取るための策を考えよ！　無能な奴隷めが！　その顔面を更に八つ裂きにしてやろうか！」

ミストレード侯爵の言葉は俺の胸を強く締め付けた。あまりにも酷く、残酷だ。耳を塞ぎたくなるような当たりの強さに怒りすら覚える。

きっとこちらの陣営の皆が同じ事を思っているはずだ。

「わたくしに……お任せください……」

イザベルは言葉を詰まらせながらも、ひらりとスカートを翻して前へ向き直った。

「……」

俺は彼女のどこか無機質な声色の中に、内に隠している弱々しさが見えたような気がした。

可哀想だ。

そう素直に思っていると、背後からセバスチャンがやってきた。

彼は局面的にまだ活躍する時ではないので、土の城の中を駆け回って土の民の状態を確認してくれていた。単騎であろうと相当な戦力となるセバスチャンには、砦の中に敵が侵入してきた場合の対処を任せている。

「フローラル様、敵に同情なんてするものじゃありませんよ」

彼の意見はもっともだった。

確かに、敵対する陣営のイザベルの事を、少しでも心配している自分は優し過ぎるのかもしれない。

だが、いくら他人とはいえ、あまりにも酷い目にあっているのは見過ごせない。

「セバスチャン。俺はイザベル・シャドーハートが、好きでこんな事をしているようには到底思えないんだ」

「私にも、そう見えます」

「だろ？　なら、俺の勝手に付き合ってくれるか？」

「まあ、そう言うと思っておりましたよ。私は一切口出しいたしません。お好きにやってください」

セバスチャンは胸に手を当てると、恭しく頭を下げた。

イザベル・シャドーハート。

彼女を救い出そう。

奴隷の一族として生まれたせいで、自由を奪われ、人間としての尊厳が脅かされている。否、既に無きものとされている。

侯爵が土の民に強いてきたような扱いも似たようなものだったのだろう。

ならば、同様に彼女にも手を差し伸べよう。

「決着はこの手でつける」

俺は拳を強く握りしめた。

これからおそらく後衛の魔法使いが一斉に水魔法を放ってくるだろうが、そんなものは土の民の前では意味を成さない。

魔法すら通じず何も手立てがないと察し放心しているところを、即座に捕縛するとしよう。

幸いな事に、戦況はこちら側がかなり優勢だ。

相手の戦力の大多数は既に深い落とし穴の底に沈んでいる。

加えて、中衛で弓を番《つが》える騎士達と目の前で大量の仲間が落ちていった前衛の騎士達は既に戦意喪失しているように見える。

残すは後衛に控える杖を構えた数百の魔法使いだけになるが、今も尚、詠唱を続ける彼らからはそれほど強大な魔力は感じない。

その程度の魔力を練り上げて水魔法を放ったところで、土の砦と外壁に意味のあるダメージを与える事は出来ないだろう。

精々、ヒビが入る程度なので、あっという間に土の民に修復されて終わりだ。

「イザベルよ！　もう前衛のバカ共はこの際どうでもよい！　作戦など知るか！　貴様の全ての魔力を注ぎ込んだ最上級の水魔法を発動させ、後衛の役立たず共と一緒に外壁に風穴を開けよ！　埒《らち》が明かんゆえ、吾輩が直接殴り込みに行ってくれるわ！」

ミストレード侯爵は馬に飛び乗り乱暴に手綱を握ると、丘の麓からこちらを見据えて叫びを上げた。

すると、その言葉に呼応するようにして、イザベルは両の手のひらを天に向ける。

「清流の源より、澄み渡る水を紡ぎ出さん。今ここに流れの旋律が響き渡る。水の力よ、凝縮せよ。水晶の如く美しい水の塊を顕現《けんげん》させ、全てを貫く獲物となれ」

イザベルが美しい声で詠唱を始めると、彼女の周りには轟々と不穏な魔力が渦を巻き始めた。

辺りの草をけたたましく揺らし、彼女の真上、つまり空中には、直径十メートルほどの水塊が出現する。

その後方には後衛の魔法使いが創り出した小さな水塊が幾つも浮かんでおり、どれもこちらへ向けて放たれる準備は整っている。

「これはまずいかもな」

俺は眉を顰めて呟く。

イザベルが練り上げた魔力で創り出された水塊は、あまりにも規格外。

背後に控える魔法使い達全員の水塊を足しても余裕で敵わないレベルだ。

あれが外壁に直撃すると、約ひと月をかけて造り上げたこの土の城も、タダでは済まないだろう。

ミストレード侯爵が武闘派で前線を張るというのは認識していたが、まさか単なる指揮を執る奴隷という認識だったイザベルが、こんなにも驚異的な魔法を扱えるだなんて想定していなかった。

「まあいい。仮に外壁を突破しようと、数十名の土の民が待ち構える城の中に立ち入る事など不可能だ」

俺の心には確かな余裕が芽生えていた。

復讐の炎を燃やしている土の民を止める事など誰にも出来ない。

たとえ、いくらミストレード侯爵が強かろうと、土という環境そのものを操る彼らが束になってかかれば、そうそう太刀打ち出来るはずがないのだ。

「あの水塊を防ぐ事は出来ると思うか？」

「いえ……」

「そうか」

きっと大規模な損壊も覚悟しておかなければならいというのがセバスチャンの見立てだろう。

「前進せよ！」

俺が思考を終えると同時に、ミストレード侯爵は馬の嘶きを響かせると、巧みな馬術で緩やかな坂を駆け上がっていく。粒子の細かな土など気にも止めず、真正面から馬力のみで前進する。

肉に飢えた凶暴なモンスターのような顔つきで、血走った目には狂気すら感じる。

敵ながら凄い迫力だ。

侯爵にトラウマのない俺でも、思わずえも言われぬ恐怖心を煽られるような妙な感覚を覚えた。

土の民は大丈夫だろうか……

「放て！　イザベルよ！　一斉掃射だ！」

やがて、ミストレード侯爵は坂を駆け上がりながらイザベルに指示を送った。

「水の泉より勢いを蓄えよ。水の塊が疾風となり、敵を襲う！　【アクア・ブリットショット】！」

刹那。イザベルが天に向けていた両手を前方に振り下ろした。

同時に数十メートル超の水塊は莫大な魔力を纏いながら、こちらに向かって突き進む。

それを見届けた彼女は、完全に力無く地面に倒れ伏す。

おそらく、全ての魔力を一気に消費したせいで、意識を奪われたのだろう。

命令に従い全ての魔力を使わざるを得ないなんて、本当に可哀想でならない。

そんな彼女には誰一人として目もくれず、巨大な水塊の後を追うようにして、後衛の魔法部隊の小さな水塊も続々と射出された。

速度はまちまちだが、迫り来る数多もの水塊の勢いは留まる事を知らない。

やがて……着弾。

水魔法とは言うが、土造りの外壁に衝突するその音は、俺の知っている水音とは訳が違った。

腹の底に直接干渉するような、鈍く、重厚感のある衝撃音と振動が辺り一帯に響き渡る。

衝突した勢いで土煙が嵐のように上空に舞い上がり、それは視界の全てを埋め尽くした。

覗き穴からはもう何も目視する事が出来ない。

あまり芳《かんば》しくない展開だ。

視界を遮られるという事は、土の民の力が封じられる事を意味する。

外壁の修復はおろか、土魔法そのものの使用が制限されてしまうのだ。

「さすがに侵入されたら面倒だな」

俺は螺旋階段を駆け下りていった。二階にいた土の民はもうそこにはいない。おそらく危機を察知して一階に駆けつけているのだろう。

外壁はイザベルの魔法で既に破壊されてしまったのか、数多の水塊は城に直撃しているようだった。

不規則な爆音を響かせながら砦が大きく揺れている。

やがて、一階へと下りた俺は、土の民と合流し指示を送ろうとしたのだが、そこで衝撃的な光景を目にする事になる。

「……土の民の皆が、元の姿に戻ってる……？」

複数の土の民の男女が床にパタリと倒れ伏していたのだ。

その数はおよそ三十人弱。

水塊の発射とともに、二階にいた土の民も危機を察知し一階に駆けつけていたのか、この場には防衛戦に参加していた全ての土の民が集結しているようだった。

「どうした！　何があった！」

俺は壁に背を預けて脱力している一人の土の民の肩を揺さぶり声をかけた。男は無性髭を生やし、情けない中年の顔をしている。

「だん……なぁ……べぇ――」

僅かに口を開き何かを伝えようとしてくれたが、途切れ途切れの言葉を理解する事は出来なかった。

代わりに口を開いたのは、遅れてやってきた背後のセバスチャンだった。

「おそらく、強いストレスが原因でしょう。自身の事をかつて虐《しいた》げていた存在が、いざ目の前に現れた事によって、忘れていたストレスが再び芽生えてしまったのかもしれません。その証拠に、ほら……その男はゴロンガですよ。フローラル様が与えたポーションを幾つも腕に抱えていますから間違いありません」

砦が破られたという一大事に混乱してしまい失念していたが、土の民はストレスで弱体化してしまう特性がある。

「え……？　ああ……そう言われてみれば、痩せ細って縮んでいるから分からなかったが……確かにゴロンガだな」

俺が肩を揺さぶっていた中年男は、かつての姿に戻った弱々しいゴロンガだった。

図体《ずうたい》が大きく、筋骨隆々《きんこつりゅうりゅう》で凛々しい顔つきをした大男の記憶が色濃いせいで、今の姿とはとても同一人物とは思えなかった。

セバスチャンの予想は間違いないだろう。

「……まずいな」

立ち上がった俺は顎に手を当て考えた。

未だに、城に直撃する水塊の影響で辺りには土煙が漂っている。

おまけに土の民はもう戦力としてカウント出来そうもない。

部屋の隅でブルブルと震えているベンも同様だ。

つまり、この場で戦えるのは俺とセバスチャンのみとなる。

「……どうするべきか」

数々の思考を巡らせながら頭を抱えていると、土煙で覆われた砦の入り口の向こうにゆらゆらと人影が見えた。

俺がそれを視界に捉えたのとほぼ同時の事だった。

聞き覚えのある不快な高笑いが聞こえたかと思えば、横薙ぎに振るわれたレイピアによって爆風が巻き起こり、立ちこめていた土煙が一瞬にして吹き飛んだ。

「くはははははっ！　侵入成功である！　やはり無能な騎士なぞに任せるべきではなかったようだ。数の利を活かし甚振《いたぶ》ってやろうかと思ったが、吾輩が本気を出さねば太刀打ち出来ぬとは……おや？　誰かと思えば、貧乏貴族のダーヴィッツくんではないか。城の中で高みの見物をしていた気分はどうかね？」

レイピアを右手に持つミストレード侯爵は、先ほどの様子とは打って変わって、強気な顔つきで挑発的な言葉を吐いてきた。

「……」

俺は無言で考えた。

どうにかこの状況を打破する方法はないか。

「どのような手段でこうも大きな外壁や砦を作り上げたのかは知らぬが、哀れにも魔力切れを起こし、おねんねしているクズ奴隷の水魔法程度でも、貧乏貴族風情が作った砦ごとき、木《こ》っ端《ぱ》微塵《みじん》である」

「……自分の奴隷で大事な参謀だろ？　あんな扱いをしていいのか？」

「ふんっ……あいつは参謀という立ち位置ではあるが、それは吾輩の目の届く場所に置いておくため。本来は中々に使える魔法使いである。参謀があんな安直で愚かな戦術を用いると思ったか？」

ミストレード侯爵は俺が問いかけた言葉を軽く鼻で笑い飛ばすと、尚も挑発的な笑みを浮かべた。

「いや、確かに武闘派と呼ばれるあんたの参謀にしては一つ一つの判断に甘さがあるとは思っていたよ」

口には出していなかったが、イザベルの指示には少しばかり安直な思考回路、そしてトラップへの釣られ方はとても有能な参謀が行うものとは思えない点があった。

本職が魔法使いという事であれば納得がいく。

「だろう？　クズ奴隷の魔力の全てを注ぎ込んだというのに、外壁と城の一部を破壊するだけに留まるとは、帰還後は徹底的にお仕置きが必要なようである。本当はそこらに横たわるカス共もついでに消し飛ばす事が出来れば良かったのだがな！　なあ、そう思わないかね？」

ミストレード侯爵はごく当たり前かのように残酷な言葉を吐き、悪どい笑みを浮かべて同意を求めてきた。

最悪な事に全て本心で言っているようだ。

人間として本当に破綻《はたん》している。

「全く思わないな。それに彼らはカスなんかじゃない。少し前までは誰かさんに虐げられて苦しんでいたが、今じゃ俺の大切な領民だ」

俺は侯爵の言葉を否定しつつも、辺りに視線を這わせて思考を続ける。

この場をなんとか切り抜ける方法はないか？

確実な手段としてセバスチャンに戦ってもらうか？

きっとセバスチャンなら己の命を賭けてでも俺のために戦ってくれるだろう。

だが、そんな判断は俺が許さない。

それに、これは俺が招いた戦いだ。

ここまできたら俺の手で直接決着をつけてやりたい。

でもどうする？　俺が真っ向から勝負を挑んでも一瞬で命を奪われて終わるぞ。

考えろ……何か手があるはずだ。

「吾輩はこんな質素で汚らしい領民の事など知らん……それに、貴様はずっと何を考え込んでいる？　どうやって殺されたいか決めているのか？」

ミストレード侯爵は壁に背を預けるゴロンガを一瞥すると、思考を続ける俺に気がつき口角を上げた。

なんの気なしに釣られるようにして俺もゴロンガの姿を改めて見たのだが、その瞬間に一つだけ妙案を閃いた。

彼が両腕で抱え込むポーションは合計五つ。どれも満タンに注がれた最高品質の最上級ポーションで、外部への販売用ではなく、我が領土のみで流通する高い効力を持つ一級品だ。

大量に摂取すると、自身の力の制御は一切利かなくなるが、上手く使えば油断しきった侯爵に一泡吹かせる事は出来る。

何よりもそれは俺が唯一目の前の侯爵に対応出来るかもしれない術だった。

「殺されたくはないね。無論、殺したくもない」

「呑気なやつめ」

「でも、夜が明けたら平和な暮らしが待っていると思うと、ワクワクが止まらないんだ。そう思うだろう？」

「くははっ！　生憎《あいにく》と吾輩は短気なのでな。そんな戯言《ざれごと》に付き合う暇はない。とっとと貴様を殺し、ダーヴィッツ領の全てを吾輩のものにしてくれるわ！」

ミストレード侯爵はけたけたと大きく口を開いて笑っている。余裕な態度を隠す事をしない。

だが、それでいい。油断してくれれば、俺が仕掛けるチャンスが巡ってくるのだから。

「そうかい。じゃあ、無駄話はこの辺にして、とっとと始めようか。腕には自信があるんだろ？」

不思議と恐怖心がなかった俺は、平静を保ちながら返事をする。

「無駄話を続けた方が僅かであろうと寿命が延びるというのに、貴様というやつは実に愚かな男である！　いいだろう。そこまで死を望むのであれば、貴様を吾輩のレイピアの錆にしてくれよう。光栄に思うがいい！」

侯爵は手慣れた様子でレイピアを縦横無尽《じゅうおうむじん》に振るうと、最後には切っ先をこちらに突きつけて傲《ごう》慢《まん》な態度で言い放った。

そして、流れるような動きで身を低くすると、足元に強く力を込めて、ギロリとこちらに睨みを利かせてくる。

すると、背後にいるセバスチャンが俺の耳元で話しかけてくる。

「フローラル様、彼が強者である事は間違いありませんが、今朝方申し上げた通り、私であれば高い確率で相討ちが可能です。何もフローラル様が戦う必要はございません。貴方が亡くなってしまえば、屋敷で待つ彼女達が悲しむだけでなく、ダーヴィッツ家が滅亡してしまいます」

「ありがとう。だが、全ては俺が招いた事だ。俺が片を付けるよ」

俺は背後から前方に躍り出ようとしたセバスチャンを片手で制すと、ゆっくりとゴロンガの元へ向かう。

そして彼が大事そうに抱える五本の最上級ポーションを両手で拾い上げた。

「くははっ！　騎士は騎士と戦い、領主は領主と戦う、でなければ不公平だと、貴様はハンズに言ったらしいが、とことんおかしなやつだ！　敗北するのは目に見えているというのに、信念を曲げないその心意気は気に入った！　苦しまぬよう一瞬で絶命させてやろう！」

「俺は吐いた言葉には責任を持つようにしているんだ。立派だろ？」

五本の最上級ポーションを手にした俺は、ミストレード侯爵と向き合い小瓶の栓を全て開けた。

「ああ、立派だとも。とはいえ、数十秒後にあの世にいるのだ。今更そのような善行は無意味である」

「そうか。ところで、あんたはこれまでにどれだけの人間を殺してきたんだ？」

「覚えていないが、ものの数分後に一人追加される事は間違いない！」

生き物の死を愚弄する者に碌《ろく》なやつはいない。

試しに聞いてみた俺がバカだった。

喜んで人を殺す時点で狂気的な事に変わりはない。

「じゃあ、始めようか。もしかしたら、制御が利かなくなってやり過ぎてしまうかもしれないが、その時は許してくれ」

俺はそう言うと同時に、肺の中の息を一気に吐き出した。

背後にいるセバスチャンは俺が何をしようとしているのか理解したのか、どこか驚いたように小さく声を上げていた。

「何を訳の分からぬ事を！　貴様のその佇まいと出で立ちを見れば、戦闘などは一切出来ぬ無能だと分かる！」

ミストレード侯爵がレイピアを構え直した瞬間、俺は右手に持つ五本のポーションを全て同時に一気に飲み干した。

ライチと調整を重ねたとはいえ、健康な体に五本も最上級ポーションを流し込めば、何が起こるかは考えずとも分かる。

でも……やるしかない。

「ぐっ……ぅぅっ……！」

俺は僅かに口の端から溢れた液体を手の甲で拭うと、瞬間的に全身を駆け巡る血流と上昇する体温、内から漲《みなぎ》る圧倒的な力を感じ、無意識に体を震わせた。

やっぱりこの感覚は慣れないな。

雑木林の時よりも強烈だ。

「あぁ……やばい、かも……な」

途端に襲いくる強過ぎる副作用に、思わず危機感を孕《はら》んだ言葉が溢れ出る。

「フ、フローラル様……だ、大丈夫ですか……？」

「俺に……近づくなッ……！」

セバスチャンは心配そうに声をかけてくるが、自我を失いつつある俺はぶっきらぼうに断りを入れた。

頭が痛い。視界が歪む。全身が熱くて毛穴の全てから血液が噴き出してきそうな感覚だ。

だが、目の前の男だけはよく見える。

「はぁはぁはぁ……っっ……ああ、体が熱い……！　熱過ぎる……死んでしまいそうだ……っっ……っ」

目の前に立つミストレード侯爵は俺が何をしたのかを全く理解していないので、飄々《ひょうひょう》とした態度でレイピアを構え続けていた。

「……いざ、参る！」

息を荒らげて苦悶《くもん》の表情を浮かべる俺の事などつゆ知らず、ミストレード侯爵は勢いよく地を蹴って向かってくる。

「速い！」

背後のセバスチャンが驚嘆の声を上げたが、今の俺には全てがスローモーションに見える。

遅い。あまりにも遅い。

ぼやけて歪む虚《うつ》ろな視界の中でも、ミストレード侯爵の姿だけははっきりと見えた。

俺の頭は朦朧《もうろう》とし、おそらく瞳は酷く充血している事だろう。

頭に血が上り、全身の血流がとめどなく高速で流れ続けている状態だ。

アドレナリンが全身に漲っており、今なら最強のドラゴンすら討伐《とうばつ》出来るんじゃないかとすら思い始めていた。

二週間前に雑木林で体感した時に比べると、何倍もの力をこの身に感じる。

「死ねぇっっ！」

ミストレード侯爵は俺との距離が一メートルを切った瞬間に、レイピアの切っ先を心臓目掛けて突き出してきた。

しかし、その全ての動きを看破した俺は、刹那のタイミングで横方向にひらりと回避すると、すぐさま懐に潜り込み身を低くして反撃する態勢を整える。

ハッと驚くミストレード侯爵の表情を一瞥しながらも、有り余るパワーを込めて鎧の上から鳩尾《みぞおち》付近に掌底《しょうてい》を放った。

「がはぁぁツッツッ……!?」

回避行動すら行えなかったミストレード侯爵は、苦痛の声を上げてその場で膝をつくと、凹んだ鎧の上から腹を押さえて蹲《うずくま》った。

既にレイピアは手から離れている。

「はぁはぁ……っ……はぁはぁ……」

依然として力が漲る俺は、収まりそうもない酷い頭痛を感じながらも、目の前で蹲るミストレード侯爵を見下ろした。

侯爵は相当悔しかったのか、苦悶の表情を浮かべながらもフラフラと立ち上がる。

見上げた根性だ。武闘派で実力者というのは本当らしい。自分で言うのもなんだが、かなりの力で掌底を打ち込んだはずなのに、ものの数秒で復帰しやがった。

「グゥ……クソッッ！　き、貴様ァッ！」

ミストレード侯爵は酷い量の脂汗を額に浮かべながら吠える。

痛みによろけて感情はまともじゃないように見える。

かくいう俺も感情はまともじゃなかった。普段は嗜虐的《しぎゃくてき》な精神など持ち合わせていないというのに、最上級ポーションを五本も一気飲みしたせいか、今だけは妙に憎しみをぶつけたい気分だった。

土の民を虐げた過去、領民や自身の部下への思いやりの無さ、歴史的背景があるとはいえ奴隷への扱いの酷さ……その全てに腹が立つ。

だから、俺は迷う事なく右腕に全力で力を込めると、大きく振りかぶってから鳩尾を目掛けて拳を叩き込んだ。

「グフゥ……あぁぁ、あ……ぁう――」

ミストレード侯爵は更なる追い討ちを予期していなかったのか、白目を剥き、泡を吹いて力無く倒れた。

そこで俺はふと正常な意識を取り戻すが……束の間の達成感に浸る事は許されず、侯爵と同じく膝から崩れ落ちた。

「……あ……」

前回のように息を荒らげる事すら出来ない。本来は低品質のポーションを健康体にたった一本流し込むだけでも起こり得る症状だというのに、今回は最高品質のものを一気に五本も呷ったから当然だ。これはポーションとしての効能が現れている事の証明にもなるが、あまりに過剰摂取し過ぎると俺のように身を滅ぼしかねない。

もう完全に満身創痍《まんしんそうい》で、全身が細かく痙攣しているのが分かる。

ちょっとやり過ぎたと思う。あんな一撃を同じ箇所に二発も叩き込んだんだ。死にはしなくとも相当なダメージだろう。

「……セ、セバス……チャン……っ」

俺はうつ伏せのままで顔だけを横に向けると、唖然としているセバスチャンに声をかける。

彼はハッと我に返ると、俺の意図を察したのかミストレード侯爵の元へ駆け寄り首元に手を当てる。

「……息はあります。大丈夫です。気を失っているだけなので、しばらくすれば目が覚めるでしょう」

「……そ、そうか」

俺は息を吐いてほっと胸を撫で下ろした。

殺しなんてしたくない。

いくら敵であろうとそんな残虐な行いは許されない。

「安心するのはまだ早いです。外壁が崩壊したのを良い事に、戦意を取り戻した残党達が攻撃の準備を始めております。早急に対応しなければ、我々は数の力で押されてしまいます」

セバスチャンに言われた通り、俺は砦の外へなんとか這い出て丘の下を眺めた。

すると、先ほどまで戦意喪失したように思えた残党の騎士達が、再び攻勢に出ようとしていた。

彼らはここぞとばかりに武器を構えて進軍してきている。

現状のこちらの戦力では太刀打ち出来ないが、なんとかする方法はある。

「……こ、侯爵を外に放り投げて……俺を外に連れていってくれ」

俺はセバスチャンに指示を送った。

まともに戦って勝てないのなら、こちらの実力を誇示して追い返してみようか。

「御意」

セバスチャンはミストレード侯爵の首根っこを掴んで城の外へ放り投げると、脱力しきった俺を自身の背中に乗せて外へ出た。

ミストレード侯爵が実力者だという事実については、向こう側の陣営が一番よく分かっているはずだ。

その心理を上手く利用させてもらう。

現に勢いづいていた騎士連中は、既に動揺の色を露わにして騒がしくなっている。

「どうするおつもりですか？　自分達を率いてきたリーダーがやられていたとなれば、彼らの気持ちは更に昂《たかぶ》る事になるのでは？」

セバスチャンは背中越しに俺に尋ねてきた。

外に放り投げられた侯爵は未だに白目を剥き口をあんぐりと開けて気絶している。

「……逆だよ。きっと自軍のリーダーがやられた姿を見れば、残党達はあっさり観念するはずだ」

「確かに、そうですね。では、後はフローラル様に任せておけばいいですね？」

「ああ、任せろ」

「お願いします」

本当は声を出すのも辛かった。まるで老体になってしまったような感覚だ。

でも、今は最後の踏ん張りどころだ。俺がここで頑張らないと、彼らを追い返す事は出来ない。

俺は力を振り絞ってセバスチャンの背中で姿勢を正すと、麓にいる全員に届きうる大きな声を張り上げる。

「諸君！　戦いは決着した！　見ての通り、君達が崇拝していたミストレード侯爵は俺が討ち取った。この勝負は俺の勝ちだ。まだ戦いたいやつがいるのなら、俺が相手になろう。無論、ミストレード侯爵よりも弱い者は話にならないから覚悟を決めて挑むといい。撤退したいなら自由にしろ。ただし、二度とダーヴィッツ家に干渉してこないと誓え！」

俺は一切の澱みなく、強気に言い放った。大きく腕を広げて弱さを見せないように。

すると、それを聞いた残党達は、すっかり怯えて後方へと走り去っていく。

序盤で落とし穴に落ちて未だに閉じ込められている味方の事など忘れてしまったのか、全員が武器を捨てて無防備な状態で逃亡を図った。

これだけでミストレード侯爵が率いた騎士達の団結力のなさが分かる。彼が敷く絶対的な恐怖政治に支配されていた寄せ集め集団だったのだろう。

「……本当に逃がして良かったのですか？　逆襲なんかされたらたまったものじゃありませんよ？」

やがてしんと静かになると、おもむろにセバスチャンが口を開く。

「本当はあいつらも捕縛して、国王の元に突き出して裁いてもらいたいところだが、残念ながら土の民が弱体化してしまった以上、俺達にその術はない。それに逃げたのは全員じゃない。魔力切れで動けなくなったイザベル・シャドーハートが残ってる」

いくら相手が武器を捨てて逃亡していようとも、やはり俺とセバスチャンだけであの人数を捕縛するのは不可能だ。

今回は見逃してやる。

「イザベル・シャドーハートをこちらに運んできますか？」

「頼む」

セバスチャンは俺を丘の斜面に座らせると、颯爽《さっそう》と丘を駆け降りていった。

そして、イザベルの元へすぐさま到達すると、彼女を肩に担いで軽い足取りでこちらに戻ってきた。

「目立った外傷はなさそうですし、単なる魔力切れのようです」

セバスチャンは肩に担いでいたイザベルを、ミストレード侯爵から少し離れた位置に優しく寝かせた。

「だな。全ての魔力を一瞬であの水魔法に注ぎ込んでいたし、かなりの体力を消耗しただろうな」

俺は横たわるイザベルを眺めて呟いた。

「ええ。全ての魔力をあのような形で使わせるなんてあってはなりません。体が耐えきれませんからね、きっと、これまでにも酷な扱いを強いられてきたのでしょう」

セバスチャンは眉間に皺を寄せて不快感を露わにしていた。

それもそのはず、体内に保有する魔力を過剰に消費し、その反動に体が耐えられなくなると、最悪の場合死に至るからだ。

自身の体調と魔力量、発動する魔法の規模や力を考慮した上で、魔法を扱わなければならない。

今回、イザベルがこうして助かったのは運の良さ、それに尽きるだろう。

彼女はどんな思いをして生きてきたのだろう。

そんな事を考えていると、夜明けを告げるように空が薄らと明るくなり始めた。

「……」

俺は空をぼーっと眺める。

結果的には良かったと言えるが、長く、散々な一日だったな。

セバスチャンの言う通り、心残りがあるのは確かだが、土の民が復活したら今度は容赦しない。

本当は今すぐにでも捕まえてやりたいところなんだがな。

「そう言えば、メアリーはどこにいるんだ？　結局、一ヶ月くらい前にスモーラータウンに行ってからずっと屋敷に戻ってないだろ？」

すっかり辺りの物騒な空気が晴れ、俺とセバスチャンの間には少しばかりの平穏な時間が訪れていた。俺はふと思い出した、メアリーの動向をセバスチャンに尋ねた。

「ふふっ、メアリーは……おっと、早速お出ましですね」

何かを知っているかのような反応だ。

「え？　あれはなんだ……？　騎士達が逃げた方向から何かが近づいてくるぞ？」

数百メートル先に不審な光源を発見した。

薄ら明るい草原に見えるのは、松明だろう。

数はかなり多いが、ミストレード侯爵が率いていた軍勢のような物騒な雰囲気は全く感じない。

「なんだ？　ん？　先頭にいるのは……まさか！」

目を細めて凝視する事で、俺はすぐさま理解した。

「後ろにいるのは領民、だよな？　どうして領民がさっき逃亡した残党達をひっ捕らえてるんだ……？」

俺は疑問を抱きながら状況の整理をしていったが、不明点が多過ぎるあまり、何も理解する事が出来ていなかった。

「……なんか凄い盛り上がってないか？」

「ええ。フローラル様のお名前を大合唱しているようですね」

一周回って俺は冷静になっていたが、セバスチャンはどこか楽しそうにしていた。

大群の先頭にはメアリーがいて、その後ろには千人近いであろう領民が控えている。

メアリーを除く全員の手にはポーションの空き瓶が数本握られている。

状況を整理しても意味が分からない。

これまで姿をくらましていたメアリーが、どうしてこんな事をしているんだ……？

「メアリー！　どこに行ってたんだよ？」

やがて、メアリー率いる大群が麓の辺りまでやってきたので、俺は彼女に声をかけた。

「ワタクシはフローラル様がメモに書き記していた願望を叶えるために、領民達に教育を施し、この決戦に参加させようとしていたのですが、少々時間がかかり遅れてしまいました。まあ、信仰心を増幅させ、結果的にこうして敵前逃亡を図った情けない敵を全員まとめて捕らえられたので良しとします」

「そ、そうか。願望って……まさか俺が書き残していたメモの事か？」

メアリーは俺が最終手段として書き記したメモを見て実行に移したらしい。

約ひと月で領民達を鍛え上げたのは本当なのか、領民達は皆一様に凛々しく勇ましい顔つきになっていた。

血気盛んな雰囲気も滲《にじ》み出ている。それは手に持つポーションの空き瓶のせいかもしれないが。

中には街に定住しているであろう冒険者も交ざっているらしい。首元にきらりと光るペンダントが目印だ。かなり統率の取れた動きをしている。

詳しい事情についてはまた後日聞かせてもらおう。

今は話を聞いている暇はない。

「メアリー、捕縛した騎士達をまとめて隔離してくれ。麓の少し膨らんだ土の下には千人弱の騎士達が閉じ込められているから、そいつらも一緒に縄で縛りつけて隔離して欲しい」

「承知いたしました。では、皆さん。土を掘り起こして、落とし穴の中にいる騎士達を捕縛しましょう。フローラル様から授かった大切な命《めい》です。存分に堪能し確実に成し遂げましょう。いいですね？」

メアリーがまるで子供に指導する教師のような言い方をすると、領民達は一斉に首を縦に振り作業に取りかかり始めた。

特にメアリーが〝フローラル様〟と言った瞬間に、領民達が一斉に目を見開いて笑みを浮かべたのは圧巻だった。

メアリーの言う教育が何を指し示すのかは分からないが、セバスチャンが土の民へ施した教育の前例があるので少々不安だ。

「……セバスチャン。俺達も分担して作業を進めよう」

「もうお身体は平気なのですか？　あまりご無理はなさらないでください」

「皆が働いているのに俺だけサボるわけにはいかないだろ」

俺は震える足にムチを打ち、なんとか立ち上がると、セバスチャンを連れて土の城の中へと戻る。

領民達まで来て力を貸してくれたんだ。こんなところで座り込んでいるようじゃ、当主としての面目が立たない。

「……気絶しているだけだな」

一階部分で倒れている土の民は、皆揃って弱々しい表情で気を失っていた。

そんな彼らを復活させる方法は簡単だ。

彼らを起こし、セバスチャンが引き摺っているミストレード侯爵を見せつける事で、あっさりと弱体化を解く事が出来る。

こうして土の民は瞬く間にストレスから解放されて力を取り戻すと、各々が役割を理解して復旧作業に移っていった。

崩壊しかけた砦を一時的に補強し、メアリー達を手伝うために丘を下っていく。

無論、暴力などは振るう事なく、無抵抗の騎士達を魔法で捉え、順に縄で縛り付けていく。

やがて、空の向こうから眩い光が差し込み始めていた。

「やっと……やっと終わったんだな」

朝日を浴びながら俺は呟いた。

崩れた外壁と大きく破壊された城の正面は、イザベルが放った水魔法と土の民が造り上げた土の衝突の激しさを物語る。

長かった。

短期間での試行錯誤とたった数時間の攻防だったが、今まで過ごしたどの時間よりも長く感じた。

明らかに不利な戦力差を覆し、じわじわと相手の戦力を奪っていき、最後には意を決して一騎打ちで決着をつけた。

まともにやっては勝てないからこそ、俺は機転を利かせて勝利を掴んだが、少しでも判断が遅ければ敗北していたような紙一重の攻防だったと思う。

結果、キャッスル・ヒルの防衛戦を制したのは、我がダーヴィッツ家だったのだ。

皆に感謝しよう。

俺達は自らの手で勝利を掴み取ったんだ。


「……俺達の勝ちだ」

俺は天に拳を突き上げた。
同時に気が抜けてしまったのか意識が朦朧となり、途端に世界は暗転する。
でも、心地よかった。
今はもう泥のように眠りにつきたい。
成し遂げた幸福と喜びを胸に抱き、ただ安らかな時間を――

第五章　月日が流れ……

どのくらい眠っていたのだろうか。

ふと目を覚ますと、俺は自室のベッドの上にいた。

「……終わったんだな」

上体を起こした俺は静かに息を吐き呟いた。

身体の状態はそれなりだ。

きっと相当な時間眠っていたのだろう。

歩行すら困難なほど疲弊していた全身が、今ではすっかり回復している。

「腹減ったな」

あの夜はほぼほぼ飲まず食わずで行動していた事もあり、腹の虫がうるさい。

とりあえず、誰も部屋に来ないし食堂にでも顔を出してみるか。

「そうだ……イザベル・シャドーハートはどうなったんだ？」

部屋を出て食堂に向かう道すがら、俺はイザベルの事を思い出していた。

ミストレード家に仕えていた奴隷の彼女はどうなったのだろうか。

侯爵を含め数千人の騎士や魔法使いは、土の民とメアリー、そして領民達の手で全て捕縛した。

作業を見届けた俺は、イザベルの対応をセバスチャンに委ねて屋敷へと帰還したのだが、詳しいやり取りなどは全く頭に残っていない。

それもこれも限界を超えて疲弊していた影響だ。

誰かから話を聞きたいな。そんな事を考えながら食堂に辿り着いて扉を開けると、そこではリリが箒を手に掃除をしていた。

彼女はすぐにこちらに気がつき目を剥く。

「……あ、ご主人様！　やっと起きたの!?」

ドドドドと音を鳴らしてリリが駆け寄ってくる。

「ついさっきな。それより、腹が減ったから何か作って欲しい」

「それは別にいいんだけど……大丈夫なの？」

リリは心配そうな表情で、俺の全身を弄《まさぐ》るかのように手を這わせてきた。

「体調なら心配ない。多分、俺は結構眠っていたんだろ？」

「うん。ちょうど一ヶ月くらいね。事の顛末《てんまつ》はセバスさんから聞いたけど、私達に黙って相当な無理をしたみたいじゃない？」

確かにリリ達には詳細を明かさずに戦線に向かった。

心配をかけさせないようにと思っての判断だったが、結果的にこうして不安にさせてしまったのは申し訳ない。

「……まあな。ちょっとだけ無理をしたのは事実だ」

「一ヶ月も寝込むなんてちょっとで済まされるわけないでしょ？　皆心配してたんだからね！」

「悪いな。今後は気をつけるよ」

「それでよし。じゃあ、私はお料理の用意をするから座って待ってて」

リリは優しい手つきで俺の背中をさすってからキッチンへと向かった。

怒ってはいないようだが、本当に心配してくれていたらしい。

「……」

外がよく見える窓際の席に腰を下ろし、待つ事十分。

食堂内にはたちまち鼻《び》腔《こう》をくすぐる香りが立ち込める。

「お待たせー」

リリはにこやかな顔つきで、幾つものプレートを持ってきた。

肉、魚、野菜、果物と、ありとあらゆる食材が山盛りになっている。

普段ならば半分も食べ切れないくらいの量だったが、今日の俺は飢えているので簡単に平らげられるだろう。

「いつもありがとう。いただくよ」

俺はリリに微笑みかけてからすぐにフォークを手に取り、次々と料理を口に運んでいく。

いつもの食事となんら変わらない光景、何気ないそんな日常に幸せを噛み締める。

元欠損奴隷の彼女が、こうして元気に過ごしてくれているだけでも俺は嬉しい。

そして、対等な関係を築けている事は、新しい貴族としてのあり方を示す事が出来ていると思う。

「……美味しい？」

感傷に浸りながら食事を堪能していると、すぐ側に立つリリが尋ねてきた。

伏し目がちな瞳は僅かに揺れている。

「ああ、最高に美味しいよ。本当にありがとう。そして、これからもよろしく頼む」

「っ！　うん！」

リリは満面の笑みを浮かべる。我が家に来た当初の絶望的な顔からは予想もつかない表情だ。

だが、これこそが本当の彼女なのだろう。

「……そう言えば」

食事を終えた俺は一つ息をついてから、気になっていた事を尋ねてみた。

「何？」

「キャッスル・ヒルでの戦闘中、屋敷には何も被害は無かったか？」

見たところ何も問題はなさそうだったが、念のため確認しておく。

「そうね。ご主人様が悪いやつを倒してくれたおかげで何も無かったわよ？　でも、ライチは夜明けまでずっとピリピリしてたし、少しだけご主人様に怒ってたわね。よく分からないけど、『フーくんは自分自身の手で決着をつけるために、わざとボク達に屋敷の防衛を任せたんですね！』って……」

「そうか。まあ、無事で何よりだ」

ほっと一安心ではあるが、ライチには申し訳ない事をしたな。

夜半から夜明けまでの数時間、精神的負担を強いてしまった。

俺はミストレード侯爵の狙いであるオリハルコンの水晶を戦地へ持っていき、侯爵軍の注目を一身に受けるやり方を選択した。

加えて、侯爵には挑発的な言葉をかけていたので、屋敷に被害が及ぶ可能性は限りなく低かった。

あたかも屋敷に被害が及ぶように伝えて嘘を吐いたわけだから、ライチには謝罪しよう。

「レレーナは何か言ってなかったか？」

「えーっと……私は割と不安だったんだけど、レレーナは平然としてたわね。ご主人様の事をかなり信頼してるみたい。朝までずっと何か探し物をしてたみたいだから、あまり覚えてはないけどねー」

リリはティーカップに紅茶を注ぎながら、気楽で伸びやかな口調で答えた。

「探し物……」

「何か心当たりあるの？」

「いや……ない」

すぐにピンときたが、俺はリリに対して反射的に嘘を吐いた。

探し物というのは、おそらく、いや、確実に、俺がレレーナの部屋から拝借したオリハルコンの水晶の事だろう。

ミストレード侯爵が攻め入ってくるという事実を知っているのに、快く貸してくれるはずがないと思い、俺は彼女を部屋から出させてこっそり拝借、もとい盗み出していたのだ。

おかげで作戦は大成功。

ミストレード侯爵の注意を引く事に成功し、結果的に侯爵は屋敷に侵攻を仕掛ける事は無かった。

きっとレレーナは今頃困っている事だろうし、早めに返しておこう。

「ああ、そうだ。もう一つ気になった事があったんだ」

一つ紅茶を啜《すす》って喉を潤す。

「どうかしたの？」

「イザベル・シャドーハートは屋敷にいるのか？　ボリューム感のあるスカートを穿いていて、顔に仮面をつけている女性だ」

　戦闘中の記憶はおぼろげではあったが、特徴的な容姿だったのでイザベルの事はよく覚えていた。

「今は二階の客室にいるはずよ。あの人って、ミストレード侯爵の……その、奴隷だったのよね？」

「まあ、そうだな……あれこそが本物の奴隷ってやつなんだろうな。うちに来る前のリリ達に負けず劣らず、酷い扱いを受けていたみたいだ。何か気になる事でもあったか？」

「うん。私も元々は奴隷でしょ？　だから分かるのよ。雰囲気的に感情が無いっていうか……自我を持ってないような感じだったから。仮面で顔は見えなかったけど首輪もつけてたし、見捨てておけないなって……」

　リリは悲痛な面持ちだった。彼女も元々奴隷として絶望を経験した身だ。その苦しさが自分の事のように分かるのだろう。

「イザベルは代々ミストレード家に仕える奴隷一族らしいぞ。あの首輪は、隷属の首輪って言うらしい」

　その人生を思うと、なんともやるせない思いが芽生えてくる。

　生まれたその時から人生が決まっているという点では貴族と似ているが、それが奴隷という生き方に限定されるのはあまりにも可哀想だった。

「え、奴隷一族？　じゃあ、あの首輪はそのためのものなの？」

「ああ。実際にミストレード侯爵が彼女に命令を下す姿を見ていたが、本人の意思に関係なく従順にさせる嫌な魔道具だった。正直、敵ながら同情するくらいにな」

ずっと観察していたわけではないが、ミストレード侯爵の命令に対して、イザベルがどこか困惑と拒絶の狭間のような挙動をしていたのを度々見ていた。

あんな魔道具が出回っているなんて、恐ろしい限りだ。

「うーん……ご主人様の魔法でなんとかなったりしないの？」

「回復魔法じゃ何も出来ないな。まあ、セバスチャンが普通に客人用の部屋に通したって事は、イザベル自体に危険はないって事だろうし、俺はこれからどうにかする方法を探すつもりだ」

ミストレード侯爵との攻防を終えた事で、我がダーヴィッツ家には再び平穏が訪れる事だろう。

何も焦る事はない。時間はたっぷりあるのだ。

ゆっくりと解決方法を探っていけば良い。

「また無理はしないでね？　ご主人様って、一度考え込むとなんとしてでも最後までやり遂げようとしちゃうところがあるから、心配になるのよね。適度に休むのも大切よ？」

「もう十分に休ませてもらったから大丈夫だよ。それより、こんなところでいつまでも話していて大丈夫なのか？」

「あっっ！　全っ然大丈夫じゃないわよ！　洗い物を済ませたら、これからお掃除にお洗濯に買い出しに……えーっと、とにかく！　たくさんやる事があるからもう行くわね！」

俺の言葉を聞いたリリは途端にハッとした表情を浮かべると、ドタバタと空になった食器を一気に片付けた。

腹が減った俺のために、わざわざ料理を作る時間を割いてくれたのだろう。

やる事がたくさんでかなり忙しそうなのに、ありがたい限りだ。

「さて、イザベル・シャドーハートの様子でも見に行くか」

立ち上がった俺は一つ伸びをすると、キッチンで洗い物をするリリを残して食堂を後にした。

イザベルがまともに口を利けるのかどうかすら分からないため、まずは直接顔を合わせて見極めるとするか。

危険はないだろうが、一応少しだけ警戒はしておくとしよう。

俺は二階にある客人用の一室の前に足を運んでいた。

リリの話によると、この部屋の中にはイザベル・シャドーハートがいるらしい。

扉は閉め切られているが、確かに中からは僅かに人の気配を感じた。

「フローラル・ダーヴィッツだ。入室しても良いだろうか？」

俺は扉を軽く三度ほどノックしてから声をかけた。

それから数十秒ほど待ってみたが、一向に応答はない。

「……無視、か」

隷属の首輪の効力については詳しく知らないが、もしかしたら自発的な行動を全て禁じられているのかもしれない。

となると、いくら俺が問いかけても、主従関係を結んでいるミストレード候爵が許諾《きょだく》しないと、まともに口すら利けないという事になる。

勝手に入ってしまおうか。

「失礼する」

このままじっと待っていても埒が明かないので、俺はゆっくりと扉を開いて部屋の中へと足を踏み入れた。

部屋の中は相変わらず殺風景だったが、俺の記憶とは違う光景がすぐに目に入る。

その部屋の窓際には黒いドレスを着て、白い仮面を着けた女性が佇んでいた。

開け放たれた窓から吹き込む風に、透明度の高い真っ白い髪が揺らめいており、肩よりも少し長い髪の毛は、一つに束ねられて片方の肩に下げられている。

「……ごきげんよう、イザベル・シャドーハート」

少しの沈黙を置いてから俺は挨拶をした。

「……」

しかし、彼女はこちらに顔も向けず、返事もしない。

「俺はフローラル・ダーヴィッツ。この領地を治める領主であり、先の攻防では君の敵だった者だ。覚えてくれているか？」

「……」

尚も続けて俺は自己紹介をしたが、依然としてイザベルは窓の外をじっと見つめて動かない。

ほんの少しだけ肩が動いていたので、耳が聞こえていないというわけではなさそうだ。

単純に無視しているのか、あるいは返事が出来ないという事だろうか。

「窓の外に何かあるのか？」

俺は窓際に立つイザベルのすぐ後ろに向かうと、開け放たれた窓から外の景色を確認する。

この部屋は二階の隅に位置しているが、正門側に窓があるため、斜め方向から正門と手前の庭の様子を見る事が出来る。だが、別に窓の外を見ても特に何かあるわけではなかった。

イザベルは単純に物思いにふけっていただけなのかもしれない。無気力さを感じさせる雰囲気を纏っている。

俺が一つ息を吐くのと同時に部屋の中に強い風が吹き込む。その風でイザベルが着けていた白い仮面がふわりと宙に舞い、後方へと飛ばされる。

俺は後方に落ちた白い仮面を拾い上げた。

「ほら、落ちたぞ」

仮面を手にした俺は、前に立つイザベルにそれを差し出したが、彼女は受け取らなかった。それどころか、未だにこちらに体を向ける事もない。

仕方がないので、俺は彼女のすぐ隣に向かうと、今度は視界に入る位置で白い仮面を差し出した。

すると、彼女はゆっくりとこちらに顔を向ける。

そして、目が合う。

「……」

……酷い傷だ。

俺は無言で息を呑んだ。

彼女の顔は酷く爛《ただ》れていた。

鋭利な刃物のようなもので斬られた痕もあり、出血を止めるためか、焼いた火傷《やけど》の痕もある。

陥没し傷だらけの顔面の中に、両目と鼻、口の原形がかろうじて残っている。

どれも新しい傷でなさそうだが、見ているだけで痛々しい。

コミュニケーションを重ねて早めに治療しなければならないな。

「いらないのか？」

俺はイザベルの真っ赤な瞳を見つめて尋ねた。

彼女は俺より身長が低いため、俺が見下ろすような形になる。

俺は特にリアクションはしない。こんな傷は過去の治療のおかげで見慣れているからだ。

「……」

イザベルはほんの僅かに瞳を揺らすと、俺の手から白い仮面を取って自身の顔に着け直した。

白い仮面は再び彼女の顔を覆い隠す。

今の彼女からは生きる気力も何も感じない。俺は初めてこの屋敷に来た時のリリやレーナ、ライチの様子を思い出した。

「その首輪を外す術を知っているか？」

「……」

首を横に小さく動かすイザベルに、俺は続けて尋ねた。

「そうか……後は俺がなんとかするから、また会いに来てもいいか？」

無機質な仮面の下の表情は全く分からないが、視線は確かにこちらに向いていた。

俺の問いに対して数秒思考した彼女は、やがて、ゆっくりと首を縦に振った。

「分かった。ありがとう。少し時間が必要かもしれないが、そんな首輪は必ず外してやるから、待っていてくれ」

俺はそれだけイザベルに告げて部屋を後にした。

助けた以上は放っておけないので、俺はまたイザベルに会いに来ると決めた。

首輪の外し方なんて見当もつかないな。

装着したミストレード侯爵本人ならどうにか出来るのか？

だが、あんな獣のような独裁者が教えてくれるとは到底思えないし、俺が眠っていた間に王都へと護送されたらしく、話を聞くのは無理だ。

とにかく、色々と俺の方で調べてみる必要がありそうだが、その前に、ライチとレレーナのところに顔を出しておくか。


セバスチャンが作り上げた地下施設に足を運んだ俺は、その中のライチの部屋に顔を出していた。

尻尾でゆっくりと弧を描き、どこか呆れた表情を浮かべるライチと向き合う。

「……というわけだ。迷惑をかけたな。すまなかった」

俺はミストレード侯爵の注意を引くためにオリハルコンの水晶を勝手に持ち出し、屋敷へ注意が向かないようにしていた事をはじめ、夜半から夜明けに至るまでの一通りの事情と一連の流れを全て説明した。

「ボクの予想通りですね。屋敷にオリハルコンの水晶があるはずなのに、どうして敵が攻めてこないのか不思議で仕方ありませんでした。当主が自ら守るべき大切なお宝を戦線に持っていくなんて、普通はありえませんからね」

ライチは何度も頷きながら納得の表情を浮かべていた。

「……怒ってるか？」

普段と少し様子が違うのは分かる。

明らかに不機嫌そうだ。

「いえ、全然？　ボク達の事を信用してくれないからそんな事をしたのかと最初は思いましたが、よくよく考えてみると、大事にされているからこその扱いですもんね？」

「まあ……そうだな」

本当は接近戦しか行えない彼らを前線に配置しても……と思ったがゆえの屋敷防衛の指示だったのだが、そう言われてみると確かにそうだ。

俺は彼女達に傷ついて欲しくなかっただけなのかもしれない。もちろんそれはライチ以外の獣人三人も一緒だ。

「ふーん……ふふふ……へへへへへ……っ……じゃ、じゃあ……大丈夫です！　フーくんがそう言うならボクはもう何も言いません！」

ライチは途端に薄ら赤く染まった頬に手を当てて、不気味だが可愛い笑みを見せた。

急な変化に思わず驚き俺は口を噤《つぐ》む。

「……」

もっと怒られるかと思ったが、意外にもあっさりと話はついた。

少しばかり気まずいと思っていたのがバカらしく思える。

まあ、ギスギスするのだけは避けたかったので、良しとしよう。

「あっ、そうだ！　レレーナに早くその水晶を返した方がいいですよ？　ボク達がフーくんに嘘を吐かれて騙されて夜明けまで緊迫していた時も、何か物を失くしたと言ってずっと探していましたから。今思えば、あれはオリハルコンの水晶だったんですね。張り詰めていたので全然気がつきませんでした！」

ライチはポンっと何かを思い出したように手のひらを叩くと、リリが言っていた事と似たような情報を教えてくれた。

レレーナはこの水晶をそんなに探していたのか。

ますます申し訳ない気持ちが募るな。

「了解した。ちょうどこの後向かおうと思っていたんだ。迷惑をかけたな。来て早々で悪いが、すぐにレレーナのところに向かわせてもらう」

「はい！　ボクは今日は休養日なので、仮眠を取りますね」

「おう。ゆっくり休んでくれ。またな」

俺はライチが布団に潜り込む姿を確認してから地上へと向かった。

多分、レレーナは屋敷の自分の部屋にいるはずだ。

ゴロンガが持ってきたオリハルコンの水晶は、とても貴重な物だからこそ、大切に保管するようレレーナには伝えていた。

ゆえに、俺がこっそりと盗み出した事実を知らない彼女は、きっと紛失したという自責の念に駆られてしまっている事だろう。

「……怒ってないかな……？」

こうしてレレーナの部屋の扉の前まで来た俺は、胸に手を当て小さな声で呟いた。

自分が蒔いた種によって、一人の少女を泣かせてしまった事で、俺はどこか気まずい気持ちになっていた。

しかし、面と向かって話さなければ釈明もクソもないので、若干震える右手で扉をノックした。

もちろん左手にはオリハルコンの水晶がある。

「……あれ？　いないのか？」

返事はない。

イザベルのように口が利けないわけでもないとなると、単純に留守にしているという事だろうか？

出直すか？　いや、レレーナが行きそうな場所を少しあたってみるか。

盲目の彼女が自分の足で行ける場所と言えば、食堂か表の庭くらいか？

何はともあれ、時間はある事だし適当に散策するとしよう。

そう考えた俺が部屋に背を向けた瞬間。

部屋の中からレレーナの声が聞こえてきた。

「……誰？」

寝ぼけているのか疲れているのか、どこか弱々しさを感じる声色だった。

「レレーナ。俺だ、フローラルだ。入っていいか？」

「っ！　だ、だめ！　今は忙しくて部屋が散らかってて……えとえと……と、とにかくだめ！」

扉を開こうとしたのだが、数センチほど開けたところで、向こう側から力を入れられてバタンと勢いよく閉め返された。

怪しい。

何か重大な問題でも起きたか？

「出直した方が良さそうか？　レレーナに伝えなければならない大切な話があったんだが……」

オリハルコンの水晶の事については、こんな扉越しじゃなくて、ちゃんと顔と顔を合わせて伝えたい。

「え？　私に伝えなければならない大切な話って……もしかして、その……アレの事じゃないよね？」

「アレ？」

何か含みのあるような言い方をしたので俺は聞き返す。

「う、ううん！　なんでもない。とにかく、今はだめ。フローラルだけは部屋の中に入れない！」

「なんでだ？」

珍しく感情を露わにしたレレーナ。一体何があったのだろうか。

ますます怪しい。俺もオリハルコンの水晶の事については早く打ち明けて説明したいのだが、レレーナもレレーナなりに何かを隠しているような気がする。

「……言えない。フローラルが私に失望しちゃうから……」

「失望するような事なのか？」

「うん……私はお願いされた事も守れないだめな奴隷なの」

扉の向こうでレレーナが床に座り込む音が聞こえた。

徐々に声もか細くなっていき、涙交じりの声色に変化していく。

「何があったか聞かせてくれないか？」

俺は優しく聞き返した。

だめな奴隷だなんて言わないで欲しい。レレーナはもっと自分に自信を持つべきだ。

「……入って」

すぐにガチャリと扉が開くと、そこにはこちらに背を向けたレレーナが立っていた。

首を垂らして鼻を啜る音が聞こえる。

「レレーナ？」

部屋に入った俺は、レレーナの顔をおもむろに覗き込んだ。身長差があるので自然と膝を曲げて覗き込む形となる。

「……泣いてるのか？」

彼女は泣いていた。その証拠に瞳を覆い隠す黒い布は湿り気を帯びている。

クールで大人びた性格の彼女が、涙を流していた。

「ごめん……なさい……私、私ね……」

距離を詰めた俺に気がついたレレーナは、震える小さな体をこちらに寄せてきた。

自身の両手で顔を覆って嗚咽《おえつ》を漏らしている。

「ゆっくりでいい。何があったんだ？」

俺は左手でオリハルコンの水晶を持ちながら、右手で軽くレレーナの頭を撫でた。

数分後。彼女は少しだけ落ち着きを取り戻したのか、静かに深呼吸をしてから口を開く。

「……失くしちゃったの」

「何を？」

「オリハルコンの水晶……フローラルから大切に保管してって頼まれてたのに、あんなに貴重で、しかもあれは私達の物じゃないのに……ごめんなさい、本当にごめんなさい。ずっと同じところに置いてたつもりだったのに、気がついたら失くなっていたの……！」

レレーナは更にその小さな身を寄せてくると、俺の方に顔を向けて涙ながらに叫んだ。

決死の面持ちで歯を食いしばっている。

しかし、俺は思わず黙りこくって思考が停止してしまう。

「やっぱり怒ってる……？」

そんな俺を見かねてレレーナは続け様に聞いてきた。

しゅんと項垂《うなだ》れて子供らしい口調になっている。

それから数秒経過し、俺はようやく話の流れを理解すると、途端に申し訳ない気持ちが込み上げてきた。

「いや……だって、ほら……これを見ろ」

俺は左手に持つ透明な球体を彼女に見せつけた。

「え？」

レレーナはピタッと涙を止めると、口をあんぐりと開けて素《す》っ頓狂《とんきょう》な顔つきになり固まった。

完全に時が停止している。

なんか、ごめん。

「……このオリハルコンの水晶は、ミストレード侯爵が侵攻してくる前に、俺がこっそり部屋から持ち出していたんだ。その……すまなかった。今日はそれを伝えにきたんだ」

俺は未だに停止しているレレーナと半歩ほど距離を取り姿勢を正すと、深く頭を下げて謝った。

盲目の彼女は見えていないだろうが、誠意を伝えるにはまずは行動から示す必要がある。

「……良かったぁぁぁぁーーーーー」

俺の言葉を聞いたレレーナは完全に脱力して膝から崩れ落ちると、大きな安堵の溜め息を含んだ安心の言葉を吐いた。

「安心してくれって言うのは違うかもしれないが、とにかくレレーナが悲観するような事は何もない。俺が全部悪いんだ」

「……うん。今回は全部フローラルが悪い。私の涙を返して？」

レレーナは呆れと安心が交じり合ったような口調で言った。すっかり涙は止まったのか、僅かに頬が緩んでいるようにも見える。

「うっ……本当に申し訳ない……」

弁明の余地など微塵もない。

「お詫び……」

「え？」

ボソッと口にしたレレーナに疑問符で返す。

「何かお詫びはないの？」

「欲しい物とかあるのか？　街に連れていって好きなだけ買ってやるぞ」

お詫びと言っても出来る事はそう多くない。

だが、皆が頑張ってくれたおかげでお金ならたくさんある。

「欲しい物……買えるような物じゃないとだめ？」

「ん？　どういう意味だ？　他に何か希望でもあるなら言ってくれ。俺に出来る事ならなんでもやってやる」

どこか意味ありげに首を傾げるレレーナの言葉に対して、俺は少し悩みつつも返答した。

彼女が求めているものはなんだろうか。

物欲もなさそうだし……見当もつかない。

「ほんと？」

レレーナはゆっくりとその場に立ち上がった。

「ああ。もちろんだ」

俺は頷いて答えた。

別に理由なんかなくても自由に希望は叶えてあげたいと思っているので、特に断る必要は全くなかった。

むしろ、レレーナを含め、屋敷の者達には何か還元すべきとすら考えている。

「……じゃあ」

俺の言葉を聞いた彼女は、大きな深呼吸をしてから口を開くと、それから数秒間の沈黙を経て言葉を紡ぐ。

「……この目を……私の傷ついた目を治して？」

「いいのか？」

彼女の言葉を聞いた俺は驚きのあまり、前のめりになって聞き返してしまった。

聞き間違いじゃないよな？

どういう心境の変化だろうか……

「うん。私ね、ずっと寂しかったの。戦いが始まるからって、短い期間の中で皆が自分の出来る事を率先してやってて、フローラルの指示を受けて協力してるって話を聞いた時に、やっぱり私は何も出来ないんだなぁって実感した。目も見えないから初めての場所には一人で行けないし、ライチみたいには戦えない。リリみたいに皆のためにテキパキ動く事も出来ない。お宝を選別したり、人の心の色を見たりは出来るけど、そんな力はなんの役にも立たないの」

どこか寂しげな様子のレレーナは、部屋の中央へ向かうと自身のベッドに静かに腰を下ろした。

そんな自身の事を卑下《ひげ》するような口調で紡がれた彼女の言葉に、俺は眉を顰《ひそ》めた。

「役に立たないなんて言わないでもらえるか？　レレーナは初めての金策でダーヴィッツ家のために頑張ってくれたじゃないか。それに、メッセージプレートがあったからこそ、俺達はミストレード侯爵の情報を知る事が出来たんだ。あれがなければ、今頃俺達は敗北していたと思うぞ。だから、レレーナがいなければ俺達の今の平穏はなかったんだよ」

俺は少し強めの口調でレレーナに言い聞かせるように告げた。

役に立たないなんて誰にも言わせない。

彼女の功績は、最も近くで見てきた俺が一番良く理解しているからだ。

確かに戦争に限って言えば、彼女の出来る事は少ないかもしれないが、唯一無二で誇れる力である事に間違いはない。

それをわざわざ自分で貶《おとし》める必要なんて全くないのだ。

むしろ誇るべきである。

「……メッセージプレートってミストレード領に誰かを行かせて情報収集のために使ってたの？」

そういえば、レレーナにはメッセージプレートをどんな用途で使うのか説明していなかったな。

「そうだ。結局はゴロンガが壊してしまったみたいだが、レレーナがダーヴィッツ領を窮地《きゅうち》から救ったという事実に変わりはない」

「私が……ダーヴィッツ領を救った？　皆を助けた？」

「ああ。だから、もっと自信を持て」

優しく言葉をかけると、レレーナは膝の上で拳を強く握りしめる。

寂しげな表情は少し和らいだように見える。

「……私は役立たずじゃない？」

「当たり前だ」

俺は迷う事なく即答した。

「むぅ……必死に悩んでたのがバカらしくなる。そういう事なら、もっと早く教えて欲しかった」

レレーナは少しばかり不満そうな表情で頬を膨らませた。

「悪い悪い。それで……その目を本当に治してもいいんだな？」

「うん。治して欲しい」

「これまでの暗闇の世界には二度と戻れなくなるぞ？」

「大丈夫。もしも今の力を失ったとしても平気。もう、怖くないから」

俺が行う再三の確認に対して、レレーナは一切の躊躇《ちゅうちょ》を見せる事なくハキハキと答えた。

これまでのように外の世界に怯えている様子は一切見受けられない。

治しても問題なさそうだ。

俺はずっとレレーナの目を治してあげたかったのだが、これまで彼女は何度も治療の提案を断り続けていた。

しかし、ついに向こうから治して欲しいと言ってくれた。

つい胸の内から喜びの感情が溢れ出しそうになるが、俺はなんとか平静を取り繕う。

「……ようやく、決断してくれたんだな」

「もっと皆の力になりたいって思ったの。だから……お願い」

「任せろ。少しだけ目元に変な感覚があると思うが我慢してくれ。痛みは伴わないはずだ」

「……うん」

レレーナはゆっくりと首肯すると、俺の上着の裾に深い皺が出来るくらい、強く握りしめた。

「布を外すぞ」

俺は彼女の目を覆い隠す黒い布を外した。

布の下には両目にそれぞれ縦一文字の古傷が見える。

痛々しく深い傷痕だ。

今、治してやるぞ。

俺は両の手のひらに魔力を集約させた。

これは十年近く経過しているかなりの古傷となる。

加えて、損傷した眼球そのものを再生させる必要があるので、少しばかり多く魔力を付与する事にしよう。

俺はレレーナの傷の具合を目視で確認しながら、徐々に魔力を練り上げていった。

やがて、十秒ほど経過すると、俺の両の手のひらには最上級ポーションよりも遥かに濃い緑色の魔力が集まってくる。

「……いくぞ」

一つ声をかけた俺は、レレーナの返事を待つ事なく、一気に彼女の両目に回復魔法をかけていった。

刹那。レレーナは、強制的に付与された多量の魔力によって、全身を小刻みに震わせ始めた。

「あ……っ……！　何……この感覚……っ!?」

少々息を荒らげて驚愕《きょうがく》した様子だったが、俺はそのまま回復魔法の発動を続ける。

それから徐々に、レレーナの目元に入った深く痛ましい斬り傷が薄くなっていく。

治療の終わりは近いな。

「もう少しだ」

俺が優しく声をかけると、彼女は唇を噛んで頷いた。

初めての感覚にようやく慣れてきたのか、全身の震えは収まっており、今はリラックスしてきたのか顔を緩ませていた。

今までの経験から感覚で分かる。ラストスパートだ。

やがて、三十秒ほど経過し、練り上げた最後の魔力を使い終えた俺は、大きく息を吐いて集中を解いた。

これで完了だ。

斬り傷は完全に無くなり、瞼《まぶた》の奥で原形を留めず潰れていた眼球は完璧に再生する事が出来た。

後は……レレーナが勇気を振り絞って、外の世界に触れるのを待つだけだ。

「終わったぞ」

「……うん」

俺が告げた終わりの合図を聞いたレレーナは、握りしめていた拳を開くと、自身の両手でペタペタと回復したばかりの目元を触った。

「もう、いいの？」

未だ信じられないのか、それとも感覚的には治った事が分からないのか、疑心暗鬼な様子で首を傾げている。

その証拠に瞼には力が入っており、不安を表すかのようにギュッと強く閉じていた。

「もう、大丈夫だ」

「フローラルは、私の目を見ても嫌いにならない？」

「当たり前だ」

俺が笑顔で頷くと、レレーナはこちらに顔を向けて、瞼に込められた力を解いていく。

嫌いになんてなるはずがない。レレーナはレレーナだ。大切な仲間だ。

「……」

そして、ついに、レレーナはゆっくりと静かに目を開いた。

初めて目が合った。

美しい青空のような透き通った髪色と同じ青色の瞳だ。

かなり困惑しているのか、瞳には薄らと涙が溜まっており、何か言いたげな様子で俺の目を見て離さなかった。

「外の世界はどうだ？」

「……フローラルってこんな顔してるんだね」

レレーナは俺の顔を穴が開きそうなくらい強くて興味深そうな眼光で、じっとひたすらに見つめてくる。

「まあな……イメージ通りか？」

耐えられなかった俺は少しだけ目を逸らして答えた。

「ううん」

「え？」

即答して首を横に振るレレーナに俺は面食らったが、彼女は続け様に口を開く。

「イメージなんかよりもずっと素敵。清くて白い心の色が、そのまま優しさとして顔に表れている気がする」

レレーナは立ち上がり、更に俺の顔を見つめながらそう言ってくれる。

「そうか？　レレーナの瞳も綺麗だぞ？」

「……あ、ありがとう……その、気持ち悪くない？」

俺が素直に思った事を言うと、レレーナは珍しく照れていた。

「全く」

俺は即答した。

レレーナは他の人よりもぱっちりとした大きな目元で、青の瞳は綺麗に輝き、気持ち悪いという感想など抱くはずがなかった。

むしろ俺はその青く透き通る瞳が羨ましいとすら思っていた。

「フローラルは……あっ……っっ……」

「ど、どうした？」

言葉を紡ぎかけて少しよろけたレレーナは、そのまま力無くベッドに倒れ込み仰向けになった。

俺は素早く声をかけて近寄ったのだが、仰向けになる彼女の表情は凄く満足そうに見えた。

「世界には、たくさんの色が溢れてる。私が知らない物とか人の顔とか服装とかもそう。これまで暗闇の世界で生きてきた私にとっては、外の世界は全てが非日常に見える。だから、少しだけ眩暈《めまい》がした」

ふらついたのは、ほとんど初めて見るその外の世界に慣れていないせいか。

気分が悪くなっても困るので、少しの間は安静にした方がいいな。

「少し仮眠を取った方がいい。オリハルコンの水晶を探し続けていたせいで、まともに休めてないんだろ？」

「……フローラルのせいでね……ふふっ……」

レレーナは微笑みながらゆっくりとベッドに入り込むと、慣れない様子で自分に布団をかけて枕の位置を調整した。

「悪かったな」

すっかり元気になったレレーナを見て気が抜けた俺は、溜め息交じりに謝罪の言葉を口にした。

それを聞いた彼女は大きく首を横に振り、俺の目を捉えながら満面の笑みを浮かべる。

「本当にありがとう。私、今、凄く幸せ！」

レレーナはそれだけ言うと、バッと顔ごと全身を布団に潜り込ませた。

こんな風に機敏に動き、明るい声色で話すレレーナを初めて見た。

それだけ外の世界を見るという事は、素晴らしい事なのだろう。

「……こちらこそありがとう。おやすみ」

俺は布団に隠れたレレーナに別れの言葉を告げると、ゆっくりと部屋を後にした。

これで、リリ、ライチ、レレーナと、俺が最初に迎え入れた三人は完全に治療が完了した事になる。

加えて、土の民や三人の獣人にもしっかりと自立を促し、今では各々が精力的に働いてくれている。

これだけの人員がいればダーヴィッツ家の再建は可能だろう。

現にミストレード侯爵の侵攻前は、俺がおらずとも皆が各々の役目を果たし、最大限の準備を整えてくれていた。

それはつまり俺が一生懸命になって働かなくともなんとかなるという事だ。

不労所得……と呼ぶにはまだ安定性は足りないが、目標に向けて着実に進んでいるし、実現はすぐそこだ。

第六章　落ち着いた日常

レレーナの目を治してから数日、俺は朝食を届けにきたリリを介して、レレーナに呼び出されていた。

何事かと思って考えてみたが、見えなかった目は数日前に治したばかりだし、オリハルコンの一件は既に解決した。

呼び出してまで何か話す事があったか……

とにかく、呼び出された俺は彼女の部屋を訪ねた。

「入るぞー」

軽く扉をノックしてから返事を待たずに入る。

すると、部屋の中にいたレレーナは青い瞳を輝かせてこちらを見つめていた。

「フローラル、おはよう」

「おはよう。目の調子はどうだ？」

俺は挨拶を返すと、適当な椅子に腰を下ろす。

「控えめに言って最高。変わらず人の心の色は見えるし、色々な能力を手に入れた。今日はそれをお披露目《ひろめ》したかったから呼んだの」

レレーナは満面の笑みだった。これまでにあまり見た事のない、真に溌剌《はつらつ》とした表情だ。

部屋は以前よりも整然としているし、山積みになっていた物や上下逆さまだった本なんかも整頓されている。

目が見えるようになった事で多くのメリットがあったのだと分かる。

「ちなみに、どんな能力だ？」

「まず、魔道具の構造が明確に分かるようになった！　おかげで、自分の手で一から模造品を製作する事が出来ると思う」

「おー！　それってかなり凄いんじゃないか？　魔道具職人って事だろ？」

「うん。私お手製の魔道具を製作すれば大金を稼げるし、やっとフローラルの役に立てる」

レレーナは誇らしげに胸を張っていた。

表情や言動が明るさを増した気がして嬉しい。

「まあまあ、そんな気張らずに頑張ってみてくれ。今度何か作ったら見せてくれよ」

「もちろん。それと、物の価値を見る能力が上がったのか、前よりも色々な情報が分かるようになった。ライチの剣についても新しく分かった事がある」

「ライチの剣って……あの錆まみれの？」

思い返す限り、あれは本当に単なる錆の塊にしか見えない。ライチの手入れによって少しは剣らしい造形を取り戻しているような気がするが、やはり分厚い錆を纏っているのは変わらない。

「前まではあの剣がただのガラクタだと思っていたけど、ついさっきライチが遊びに来た時に剣を見せてもらったら……市場に出ると超高値で取引される珍しい剣だった」

「え！　そんなに凄い剣だったのか？」

あれは鼻提灯《はなちょうちん》を膨らませた爺さんから安値で買ったものだ。

「〝ドレインソード〟って言って、魔力を吸い上げる事で真価を発揮する剣。長年使用されないとああやって劣化するんだけど、ライチはポーションを染み込ませた布で剣を磨いてるらしいから、それも相まって徐々に形を取り戻してきたみたい。復活すれば切れ味は剣の最高峰だから、ライチにぴったりだと思う」

「ほー……ちなみにどのくらいの価値があるんだ？」

どうせ凄い額なんだろうけど、試しに聞いてみる。

「最初の頃のリリと私とライチを五百人以上は買えるくらい、かな？」

「……三人を買った時の値段はよく覚えてないんだけど、とにかく大金貨数千枚レベルって事だな」

驚く事すら出来ない。それだけあれば数十年は安泰な気がする。

「そう。あと最後に、これは別に能力ってわけじゃなくて当たり前の事なんだけど、自分一人で外を歩けるようになったり、知らない場所に行っても怖くなくなったりした。皆の表情も見えるから、これが一番嬉しいかも……」

レレーナは照れ臭そうに俺の前にやってくる。

これまでに出来なかった不自由な事が、今では当たり前に出来ている。

相手の表情が見える。そんな当たり前が彼女にとっては最も重大な変化なのだ。

治した甲斐があったとつくづく思わされる。

「本当に良かったな」

「うん……皆、私の目を見て褒めてくれたの。それも良い事」

「だな」

心の底から嬉しそうにしているレレーナを見ていると心が安らいだ。

能力の進化した彼女ならば、イザベルの首輪をどうにか出来るんじゃないかと思い始める。

「レレーナ、イザベルには会ったか？」

俺はおもむろに尋ねる。

「目を治してもらってからは会ってない」

「そうか。もう誰かから聞いたかもしれないが、イザベルの首には隷属の首輪が装着されていてな。俺はあれをなんとか外してやって、イザベルの事を自由の身にしてやりたいんだ。レレーナのその目で見れば外し方なんかも分かったりするか？」

言葉を話す事すら制限されていたイザベルの姿を思い返す。

ミストレード侯爵は奴隷の一族がどうこう言っていたが、あんな人権を奪うような真似は許されるはずがなかった。

俺がなんとかしてやりたい。

「見てみないと分からないけど……今、会えるかな？」

「多分、部屋にいると思うし一緒に行ってくれるか？」

「うん」

俺はレレーナと共にイザベルがいる客室へと足を運んだ。

目を治して進化したレレーナの力があれば、あの首輪を外す事が出来るかもしれない。

「イザベル、入るぞ」

俺は何度か扉をノックしてから入室した。

「お邪魔します」

レレーナも俺の後を追って部屋に入る。

「……」

イザベルは相変わらず窓際に立って外を眺めていた。

何をするでもなく、ぼーっとした出で立ちでただただどこか一点を見つめている。

精神的にも何かに支配されているのかもしれないな。

「イザベル。ちょっとその首輪を見せて欲しい。もしかしたら、外してやれるかもしれないからな。こっちを向いて少し屈《かが》んでくれると助かる」

俺が何個か注文を出すと、イザベルは言われた通りにこちらに振り向き膝を曲げてくれた。

無機質な白い仮面の向こうからは何を見ているのかは分からないが、顔はレレーナに向けられていた。

「レレーナ、分かるか？」

「……少し待ってね」

レレーナは集中しているのか、イザベルの首元に両手を添えてじっくりと首輪を観察していた。

時折、爪で弾いて音を鳴らしてみたり、息を吹きかけてみたり、俺には何を確かめているのか分からなかったが、きっとレレーナには意図があるのだろう。

やがて、数十秒ほど経過すると、レレーナは満足そうに鼻を鳴らして口角を上げる。

「外せると思う」

「ほんとか⁉」

思わず大声でリアクションしてしまい、イザベルがびっくりして肩を震わせていた。

すまない。そんなつもりはなかったんだ。

「……それで、どうやったら外せるんだ？」

「外し方は簡単だから後で説明する。その前に一つだけ注意点があるから聞いて欲しい」

焦る俺を咎《とが》めるようにして、レレーナは俺の手首をがっちり押さえつけてきた。

「分かった」

「これを外してしまったら、外した時の精神状態のままで心が停止しちゃう。だから、まずはイザベルの精神状態を回復させる必要がある」

「精神状態の回復……？」

反射的に聞き返す。

分かるようで分からない言葉だった。

「うん。メンタルケアって事。例えば、一番早いのは、ミストレード侯爵の記憶を忘れさせるくらいに楽しい思い出をたくさん作ってみたり、トラウマがあるなら克服《こくふく》させてみたりするといいかも」

説明を聞いたら理解出来た。

ライチのトラウマを治療したのとニュアンスは似ている気がする。

ただ、トラウマだけは治す事が出来ても、ミストレード侯爵に関する記憶は色濃く残ってしまうだろうから、払拭《ふっしょく》するのはかなり大変だろうな。

「メンタルケアをしないで首輪を外してしまうと、今の無気力な状態で一生過ごさなければならないんだな？」

「大体そういう事。ちなみに、中途半端な状態で外しちゃうと、自傷行為や危険な発言を繰り返すようになりかねないから注意してね？　私の予想だと、今この状態で外しちゃうと、外したその瞬間に全身全霊で自らに魔法を放って自害すると思う。絶対にそんな真似はさせないでね？」

レレーナは途端に俺の腕を引っ張り、耳元に顔を近づけると、低い声色で物騒な警告を促してきた。

イザベルに聞こえないように配慮してくれたのは、中々にヘビーな内容だからか。

「……肝《きも》に銘《めい》じておく。それで、外し方は？」

「魔力を込めて装着しているみたいだから、外す時はそれ以上の魔力を込めれば勝手に外れる。フローラルなら簡単に出来る」

俺の耳元から顔を離したレレーナは、あっけらかんとした様子だった。

外すのは簡単、でも、外すまでの道のりが大変、ときたか。

どうしようか。

毎日少しずつ皆と過ごす時間を増やしてみて、徐々に精神状態の回復を狙ってみるか、それとも
やはりここは俺の得意な回復魔法で先に心のトラウマだけでも癒してしまおうか。

本当は真っ先に後者に取りかかりたいところだが、同意を得ずに回復魔法をかけるのは俺のポリ
シーに反する部分がある。

やはり、何事も承諾を得た上で行いたい。

となると、まずはイザベルと二人でお出かけでもしてみて、感情を確かめてからにするか。

十分に言葉を話せるようになれば、きっと彼女は徐々に自分らしさを取り戻してくれるはずだか
らな。

「イザベル。ちょっと二人で出かけようか」

イザベルは不思議そうに首を僅かに傾げていたが、レレーナは俺の意図が読めたのかにこりと
笑って頷いていた。

青の瞳でイザベルの事を微笑みながら見つめている。

「というわけで、レレーナはセバスチャンかメアリーに俺が街へ出かけたって伝えておいてくれ」

「分かった。楽しんできてね」

「ああ。イザベル、行こうか」

俺はおもむろにイザベルの手を取った。彼女はフィンガーレスグローブをつけているので手の感触は分からなかったが、きっと顔と同じように傷が絶えないのだろうと想像出来る。

のどかな日常や平穏に過ごす機会なんて無かっただろうし、俺がエスコートして楽しませてやらないとな。

スモーラータウンに到着すると、異様なまでに盛り上がりを見せていた。

どこを見ても、人、人、人……人の姿しかなく、これまでの俺が知っているスモーラータウンの三倍以上は賑わっている気がする。

しかも、かなりの数の視線を感じるし、なんなら、かなり頻繁に声をかけられる。

「領主様！　お肉食べるかー？」

「フローラルさまぁ、いつもポーションありがとねー」

「その子は新しい使用人かい？　えらく綺麗なドレスを着ているねぇ」

気の良いおじさんから、ニコニコ笑顔の子供や柔和な笑みを浮かべるお姉さんまで……まさに老若男女が街に溢れていた。

俺が話しかけられるたびに、隣を歩くイザベルはびくりと震えており、あまり人混みには慣れていない事が分かる。ただ、特に嫌がっている様子はなく、むしろ、しきりに周囲を見回していたので、色々な事柄に興味を持っていそうな雰囲気だった。

「……見ない顔もたくさんいるし、スモーラータウンはどうなってるんだ？」

俺は右手側を歩くイザベルの事も気がかりだったが、盛況過ぎる街の具合も同じくらい気になっていた。

まあいい。とにかく、今日はイザベルを楽しませるために来たんだ。

とりあえずは、彼女を色々な場所へ案内してみよう。

俺はイザベルの手を握り人混みを縫うようにして進み、アクセサリーショップへと入った。

「いらっしゃいませー」

小綺麗な女性の店員さんが挨拶してくれる。

「すみません。髪に付けられるようなリボンが欲しいのですが」

俺はおずおずと声をかける。

リリと洋服屋に足を運んだ事はあるが、やはりこういうおしゃれなお店に来るのは少し照れ臭い。

「まあ、領主様ではありませんか！　うちのお店に来てくださりありがとうございます！　お連れ様の物になりますかね？」

「ええ。赤と黒のドレスと純白の髪に似合うような物ってありますかね？」

「少々お待ちくださいね」

女性の店員さんはバックヤードへ向かう。

その間、俺は改めてイザベルの容姿を上から下まで眺めた。

「何色が似合うかなぁ……リボンとかは付けた事は無いか？」

「……」

こくり……と、イザベルは小さく頷く。

そりゃそうか。ドレスは上質だけど、これはおそらく、侯爵が彼女を側に置いた時に、侯爵自身が恥ずかしくないようにするための最低限の衣装だろうし、余計なアクセサリーなんて装着させるわけないもんな。

「お待たせしましたー。リボンの柄は全部で十種類ほどありまして、それぞれ色も十種類ほど用意しております。お望みであれば染色も可能ですし、色々とアレンジなんかも出来たりしますよ。もちろん領主様は無料です！」

「いや、無料は悪いから、お金は払いますよ」

いくら領主でも、正当な対価は払いたい。一人の客として来ているのだから当然だ。

しかし、女性の店員さんは即座に首を横に振る。

「ダメです。領主様のおかげで街は大賑わいですし、実はポーションを分けてくださったおかげであたしの母も救われたのです！　他にもたくさんの方々が感謝していますし、お金なんて受け取れません！　絶対にです！」

「……分かりましたよ。じゃあ早速、リボンを見させてください」

梃子《てこ》でも動かなさそうな強い意志を感じたので、俺は大人しくリボン選びを始める事にした。

「はい！　私としては、ドレスと同系色の黒系か赤系、髪色に合わせた白系、差し色としてパステルカラーの明るい色なんかも良いのかなと思いますが」

女性の店員さんが説明してくれている最中、イザベルの視線の先を追ってみると、彼女は妖艶《ようえん》な色合いのリボンをじっくり見つめていた。

中々に良い色だ。妖艶な雰囲気が彼女にぴったりだろう。

「そうですね……じゃあ、これで」

「ダークパープルとは中々に渋いチョイスですね。しかも、最もサイズの大きいリボンですか。確かに、お連れ様は髪が長いので、このくらいの方がお似合いになるでしょうね！」

イザベルが視線を送っていたのは、深い紫色の大きいリボンだった。

確かに渋いチョイスだが、純白の長い髪の毛にはマッチする事間違いなしだ。

「よろしければ、彼女に付けてあげてもらっても良いですか？」

「もちろんです。失礼しますね」

俺の注文を受けた女性の店員はイザベルの背後に回り、彼女の真っ白い長い髪を手に取ると、慣れた手つきで髪を編んでいき、最後に大きいリボンをつけて完成させた。
ハーフアップというやつらしい。大人びた雰囲気のイザベルだったが、こういった髪型もまたよく似合う。

「出来ましたよー」

「うん……よく似合ってるぞ」

俺は率直に浮かんだ感想を口にした。

これで少しでも精神状態が回復してくれると嬉しいな……そう思った矢先。

イザベルがスッと息を吸う。

「……が、とう」

「え？」

確かに今、か細い声が聞こえてきた。

元気な女性の店員さんの声ではなくて……

「またのお越しをお待ちしておりますねー」

「え、ええ……また来ますね」

俺はふと我に返ると、イザベルの手を取り、店を後にした。

イザベルが声を発したのは確かだった。もしかすると、早々に効果が現れたのだろうか？

嬉しい誤算だな。いや、違うか。これまでの生き方が壮絶過ぎるあまり、こういったちょっとした日常の全てがとてつもなく特別なのだろう。

そうだとすれば、俺達のいつも通りの生活を送る事で、精神状態の回復を早くする事が出来るかもしれない。

ただ、一日でなんでもかんでもやり過ぎるのは良くない気もするので、今日のところは屋敷に戻るとしよう。


俺は大盛況のスモーラータウンから屋敷へ戻り、イザベルを部屋に帰そうとした。だが、なんと彼女は、自らの意思で俺の手を引いて歩き始めると、どういうわけか屋敷の表の庭で立ち止まった。

「どうしたんだ？　ここに何か用事でもあったか？」

隣に立つイザベルにわけを聞く。

「……」

イザベルは俺の手を放してゆっくりと歩を進める。

彼女が向かう先には小さな花壇がある。

子供の頃、俺達兄弟に教養を身につけさせるために父が設置したものだ。

懐かしい。

かなり綺麗に花が植えられていて、多種多様な花が咲き誇る姿は目を奪われる。以前はここまで美しくなくて、もっと簡素な花壇だった気がするが……気のせいだろうか？

そんな思い出の花壇の前で、イザベルは膝を抱えてしゃがみ込むと、ドレスが地面と接触する事なんて関係なしに間近で花を見つめていた。

「……その白い花が好きなのか？」

「……」

近寄った俺が背後から尋ねると、イザベルは僅かに首を縦に振る。

「それは俺も好きな花だ」

白い花の名前は、すずらんだ。

清楚《せいそ》な華やかさが魅力的な花で、花茎《かけい》を伸ばした先には白いベル形の花が咲く。

「綺麗だよな……ここで暮らすのは慣れたか？　窮屈《きゅうくつ》していないか？」

「……おしろ、に住んで、みたい」

俺が尋ねると、イザベルはぼそりとそれだけ口にした。

「おしろ？」

「……」

恐る恐る頷いているのが分かる。

「おしろ、おしろ……あー、お城か」

お城か。いきなり結構ハードルの高いお願いではあるが、震える声色を聞く限り意を決して口に出してくれたに違いない。確かに彼女の雰囲気的には俺達の屋敷よりも、高貴なお城の方が似合いそうだ。奴隷であったというのに、どこか気品のあるお嬢様らしい雰囲気を感じさせるしな。

「分かった。俺が用意するから数日時間をくれ。準備が出来たらまた迎えに来るから、もしも何か要望があったら気軽に声をかけて欲しい。もちろん、俺に話しにくい内容ならリリやレーナ、ライチ達に話してくれても大丈夫だからな」

俺はそれだけ告げてイザベルの元を離れると、屋敷の陰に隠れて彼女の姿を眺めた。

「花、そんなに好きなのかなぁ」

あんなに凝視するほど好きなのか。

「フローラル様」

「ん？　おお、セバスチャンか」

腕を組んでイザベルの姿を眺めていると、屋敷の中からセバスチャンが出てきた。

今日は執事らしくタキシードを着ている。

「フローラル様は、あの花壇に咲く花々のお世話は誰がやっていると思いますか？」

「えーっと、セバスチャン？　いや、メアリーかリリのどっちかか？」

いきなりそんな事を聞かれても分からないが、まあ大体三人のうちの誰かあるいはその全員だろう。

「いえ、彼女です。何やらお花が好きみたいですよ。フローラル様は一ヶ月ほど眠っておられたので知らないと思いますが、彼女は一日に何度もこちらへ足を運び、丹精《たんせい》を込めて甲斐甲斐《かいがい》しく花々を愛でているのです」

「へー。じゃあ、いっその事、花畑を用意したら喜んでくれるかもしれないな」

「表情は窺えませんが、大喜びするかと」

「そっか……ちなみに、土の民って花が育ちやすい土壌を作れたりするか？」

「当然です」

澱《よど》みの無い返事だった。

「了解。それなら、キャッスル・ヒルの上にイザベルが住むための大きな家を建てて、周りに花畑を作ろうか。建物は彼女らしく高貴なお城をイメージしてくれ。材質は土でいいが、外観はこだわってくれよ？」

「かしこまりました。侯爵がいなくなった事で土の民は一層元気になっておりますので、数日後に来てくだされば良い景色をお届け出来るかと思います。では」

セバスチャンは俺の意図を汲んだのか、軽い会釈をしてからそそくさと立ち去る。

今の客室では窮屈で退屈そうに見えたし、それならイザベルらしいお城の中で自分の好きな花に囲まれて過ごす方が何倍も精神の回復に良いだろう。

第七章　商売の動向

イザベルのお城と花畑が完成するのを待つ数日間。

俺はベンを部屋に呼び、野菜やポーション販売、アクセサリー販売などで得た収益の確認をしていた。

「……凄い額だな。売れ過ぎだろ」

ベンから話を聞きざっくりとで売上額を出してみたが、異様なほどの儲けが出ていて腰を抜かしそうになった。

「野菜は常に需要が無くならないので安定性があり、以前と同じか、それより少し多いくらいの売れ行きです。ポーション販売とアクセサリー販売に関しては、先の侯爵との一戦を制した事でダーヴィッツ領の名声が高まり、注文が後を絶たない状況になっていますね」

ベンは分厚い紙の束をテーブルに置くと、それを滑らせてこちらに差し出してきた。

売上の帳簿らしい。正直、見る気が起きない。

「そうか。スモーラータウンが大盛況だったのもそれが原因だったりするのか？」

「もちろんです。他の領地に行ってもダーヴィッツ領の話題が絶えませんし、ポーションを持っていけばものの数分で完売する始末です。アクセサリーも同様で、ライチさん達の活躍が目覚ましく、とんとん拍子で冒険者ランクがＢに上がったそうですよ。そのおかげで、販売を依頼しているギルドは在庫を切らして困り果てています」

ベンはさも嬉しそうな笑みを浮かべると、真っ白いダブルのスーツの襟《えり》を正す。

敏腕過ぎて俺が口を出す余地が無い。もう完全に任せる事にしよう。

それにしても、ライチ達も頑張ってるな。

Ｂランクというと上から三番目のランクか。依頼の難度が上がるのもそうだが、Ｂランクともなれば提示される報奨金はとてつもなく高くなる。同時に彼女らが身に着けるアクセサリーに憧れた他の冒険者や民衆が購買意欲をそそられる事だろう。

「ふむ……そうかそうか。ポーションは俺が作るから良いとして、アクセサリーだけはなんとか生産の目処を立てないといけないな」

問題点は量産が難しいという点か。

アクセサリーをポーションに浸す作業は簡単だが、元となるアクセサリーがない事にはどうにもならない。

しかし、そんな心配など既に解決済みなのか、ベンは得意げな顔で胸を張る。

「ふっ……それなら御安心ください。スモーラータウンを含めて、近隣から遠方に至るまでの領地内にある八つのアクセサリーショップと契約を締結済みなので、量産の目処は立っています。新商品の発売や差別化を図るための価格も調整済みです。後は領主様のゴーサインがあればいつでもという感じですね」

「よし、進めてくれ」

問答無用でゴーサインを出した。

躊躇する必要は無い。ベンに任せれば何も問題は生じなさそうだった。

「分かりました」

ベンは肩に下げたカバンの中から、数枚のメッセージプレートを取り出すと、サラサラと指を走らせてどこかとやり取りを始めた。

「まさか、幾つも用意して各所とやり取りをしているのか？」

久しぶりに見たが、その魔道具はかなり高価だったはず。ゴロンガが破壊して以来、うちには物がなかったと思うが。

「ええ。手紙だと時間がもったいないので、レレーナさんに製作していただきました。レレーナさんが考えた代替《だいたい》の素材のおかげで、材料費も安く済み、市場品の半分以下で製作可能ですよ」

「あー、レレーナが製作したのか。やっぱり凄いな」

やはりレレーナは凄い子だった。

「他にも、様々な魔道具を製作してくださるみたいなので、いずれそれらも一緒に販売出来れば良いと考えてます」

「例えばどんな魔道具を考えているんだ？」

「窓の外を見てください」

「ん？　あれは……なんだ？」

ベンに言われるがままに窓の外を見てみると、屋敷の前の広大な草原の上を何かが駆け回っているのが見えた。

あれはゴロンガ……と、荷車のような木造りの何かだ。

「あれはレレーナさんが試作した魔法《まほう》荷車《にぐるま》です。四つの車輪には火と風を生み出す魔道具が装着されていて、非力な人でも荷車を引けるというコンセプトです。まあ、まだ試作段階なので見ての通り暴走していますが……あ！」

「おい、ゴロンガが岩に衝突してどこかへ飛んでいったぞ」

試作段階、なるほどな……荷車に振り回され岩に衝突したゴロンガは宙を舞い、ここからは見えないどこかへフェードアウトしていった。

「……ゴローは頑丈なので平気でしょう。この前なんて小さなドラゴンに鋭利な木の棒を投擲して討伐してましたから。まあ、本人は混乱していて覚えていませんでしたがね」

ベンは至って冷静だった。相棒であるがゆえに、ゴロンガの肉体の頑丈さを分かっているのだろう。

それにしても、もう少し心配してあげた方が良い気もするが……

「そ、そうか……で、まだ何かあったりするか？」

「はい。最も大切な話があります」

「大切な話？」

そろそろ終わりかと思ったら、まだまだ隠し球を持っている様子だった。

ベンには頭が上がらない。俺が何もせずとも勝手に事が運び、無限の収益を生み出してくれるのはありがたい限りだ。

「はい。スモーラータウンの規模を拡大しませんか？　土の民の皆さんは、侯爵様が敗北した事で恐怖から解放され、今では以前の数倍の力を手にしています。正直、野菜販売や裏の農地の開発には人数が足りているので、彼らには我が領地の人口増加のために、スモーラータウンの拡大工事をお任せしたいのです」

「つまり、家屋や店を増やす他に、スモーラータウン自体を広く、大きくするって事か？」

確かに、スモーラータウンは見渡す限り人間ばかりで、少々狭苦しい感じがした。以前よりも人口が増える事を加味するならば、あの程度の規模では確かに足りないかもしれない。

「そうですね。これからは他の領地から多くの移住者が現れる事が予想されるので、事前の土地拡大は必須です。他にも、ライチさん達のおかげで冒険者達の活動拠点としての需要が高まっているので、冒険者専用の宿や、月々の料金を払って住めるアパートを用意すれば、定期的な収益が期待出来ます。アクセサリー販売と同様に冒険者ギルドと提携すれば、受付時に冊子を渡してくれたり、詳細な説明をしてくれたりと話は進めやすいかと」

　長々とベンは語ってくれたが、要するに人が増える前に土地を広げて皆が住めるようにしようって事だ。

　素晴らしい案だと思う。小さいがゆえにスモーラータウンと呼ばれていた我が領の街が、これからは拡大し発展を遂げる事が出来そうだ。

　まあ、問題点もあるのだが。

「進めるのは構わない。ただ、慎重に頼む。昔から住んでいる人達もいるわけだから、署名活動とか意見交流会とかを挟んだ上で行ってくれ。彼らの気持ちを踏み躙《にじ》ったら、これまでに培ってきた努力に意味が無くなるからな。それだけは頼むぞ」

　元々住んでいた領民達を蔑《ないがし》ろにするなんて論外だ。そんな事になるなら発展なんて必要無い。千人程度ではあるが、彼らがいてくれたおかげで今の俺達があるのだ。

「配慮が欠けておりました。すみません。拡大工事に着工する前に、全ての方々にアンケートを取りたいと思います」

　ベンは悔しそうに唇を噛むと、テーブルに額がつくほど深く頭を下げた。

　そんなにしなくてもいいのに。

　いつの間にやら、ベンはやり手の商人のような振る舞いになっている。

　服装も相まってな。

「任せたぞ……あ、そうだ。セバスチャンに頼んで、大金の保管先も確保しておいた方がいいな。今は俺の部屋と空き部屋にまとめてるだろ？　人が増えるなら裏の地下の一室にまとめて、頑強な扉か何かをつけた方がいいと思うぞ」

「そうですね。すっかり抜けてました。これからはもっと大きなお金がたくさん動きますもんね。早速、セバスさんに会って話をしてきます」

　ベンは立ち上がると同時に軽く身なりを整え、浅いお辞儀をしてから部屋を立ち去った。

　こんなに律儀《りちぎ》なやつだったかと思ったが、皆が侯爵との一戦を終えて成長しているのかもしれない。俺が眠っていた一ヶ月の間にな。

　さて……俺は何をしようか、

　ん？　いや、待てよ……もう、何もしなくてもいいんじゃないか？

野菜販売、ポーション販売、アクセサリー販売、魔道具販売、ライチ達の報奨金の分配、他にも今後推し進めていく多くの商売……どう考えても、俺が働く必要が無い。

ポーション作りは俺がしなければならないが、あれは日常のルーティンに組み込めば一時間足らずで終わらせられるし、他の商売は全てベンが引き継いでくれた。彼は抜けているところもあったりするが、商才は凄まじいので信頼して良いだろう。

前みたいに俺が必死になって一から百まで奔走《ほんそう》する必要は無くなったわけだ。

寂しいような嬉しいような……これこそこれが夢にまで見ていた念願の貴族らしい自堕落な生活。

そう——不労所得生活だ。

これはもう、念願の不労所得が完成したと見做《みな》して良いだろう。

長いようで短かった。三男である俺、フローラル・ダーヴィッツの任務はこれにて解かれたのだ。

後は、細かな部分のちょっとした口出しだけ忘れずに、領主としての威厳は少なからず保ち続け、イザベルの事を救ってあげるだけだ。

不労所得の完成を喜んだ数時間後の事。

俺はリリとお喋りしながら食事を楽しんでいた。

「今日もうまいな。いつもありがとう」

「え、へへへ……何よ急に、照れるじゃないの」

リリは照れて頬を赤く染めていたが、目の下には薄いくまが出来ていた。

「毎日大変そうだな？　朝から晩まで休みなく働いてるんだろ？」

そんな事は見るまでもなく分かっていたが、一応本人に確認してみる。

「んー……まあ、そうね。ぶっちゃけてもいい？」

「いいぞ」

「私とメアリーさんだけじゃかなり限界がきてるわね。裏の農地はセバスさんの管轄だから問題ないんだけど、お屋敷全体のお掃除と炊事、お洗濯、家事は毎日やるでしょ？　おまけにお屋敷の周りの草刈りとか草木の剪定《せんてい》とかがたまにあって、お買い物だって頻繁に行かないといけないし……ちょっと最近は休まらないかなって思ってたところ」

リリはかなり溜まっている不満でもあったのか、最後には深い溜め息を吐いて疲労感を露わにした。

いつもの快活な表情はそこには無く、くたびれた雰囲気を身に纏っている。

「メアリーも同じか？」

「多分？　メアリーさんは口にも顔にも出さないけど、相当疲れているはずよ」

「そうか……それは由々《ゆゆ》しき事態だな」

俺とした事が、大切なメイドの二人に目を向ける事をすっかり失念していた。

先の侯爵との戦いや商売などに夢中になり過ぎるあまり、最も身近で頼りにしている彼女らの事を蔑ろにしてしまっていたのだ。

本当に申し訳ない。

なんとかしないといけないな。

俺は食事の手を止めて考え込む。

すると、規則正しいリズムで扉がノックされる。

「入っていいぞー」

「失礼いたします。フローラル様、お食事中なのに申し訳ございません。リリも一緒の時の方がよろしいかと思いまして、実は一つお願い事があったのですが……」

メアリーは少しばかり強張《こわば》った顔つきで部屋に入ってきた。

「お願い事？」

「ええ。新たな召使を雇っていただけないかと思いまし……」

「いいぞ」

俺は食い気味に快諾した。迷う事なんてない。

「へ？　まだ事情を説明していないのですが？」

「ちょうどリリから話を聞いたばかりなんだ。お前達の苦労を知らずに、俺は目先の事ばかり考えていたよ。言われるまで気づかなかった。本当に申し訳ない」

立ち上がり、二人に頭を下げる。

主従関係とかそんなものを気にするようなバカじゃない。明らかに迷惑をかけたのは俺の方だった。サポートしてもらうのが当たり前だと思い込み過ぎて、彼女ら二人がいるありがたさを完全に見失っていた。

「フローラル様、頭をお上げください」

「そうだよ。ご主人様は悪くないよ。領地と領民のために頑張った結果なんだから」

「すまないな。それで……召使はどうやって雇い入れる？　お宝販売会のように募集をかけるのか、それとも街からスカウトするのも悪くないと思うぞ」

俺は顔を上げてソファに座り直すと、二人にその手段を確認した。

「いえ、奴隷を雇っていただきたいです」

「はぁ？　もうお金ならたくさんあるぞ？　わざわざ奴隷を買わなくてもいいんじゃないのか？」

驚いているのは俺だけだった。

メアリーもリリも至って真剣な様子だ。

「これはワタシの単なる偽善的な動機になりますが、奴隷と呼ばれる存在は非常に可哀想な境遇なのです。彼らは理不尽な運命に逆らう事が出来ず、己の夢を絶たれ、暗く冷たい檻の中に閉じ込められてしまいます」

「……確かにな」

悲しげな面持ちで語るメアリーの言葉に何一つとして誤りは無い。

彼女は続ける。

「中でも、欠損奴隷の扱いは酷いものです。治療して救ってあげれば、リリのように一生懸命にお仕事に取り組む事が出来たり、他のお二人のように各々の生きたい道を選んだり、のびのびと過ごす事が出来るのに……普通に生きる事すら許されていません。どうせ召使を雇い入れるのであれば、ワタシはそのような方々を救った上で、仕事と自由な暮らしを与えてあげたいのです」

「分かった。二人に委ねよう」

「ほんとに!?」

俺が頷いた事でリリは喜びを露わにしたが、一点だけ気をつけて欲しい事があった。

「人柄はしっかり確認してくれ。今のダーヴィッツ家は団結力が命だ。可哀想なのは分かるが、全ては救えないのも理解して欲しい。メアリーとリリが面倒を見切れる範囲で、尚且つ人間性に問題の無い者を選んで欲しい。いいな？」

俺は二人の目を交互に見やって告げた。

少しばかり残酷な条件かもしれないが、あまりにも人間性が欠落している者を雇い入れる事はこちらも難しいのが現状だった。たまたま、リリ、レレーナ、ライチの三名は秀でた人間性と勤勉な心を持ち、高い忠誠心を示して今もついてきてくれているが、全員がそうとは限らない。

「かしこまりました。それはこちらも重々承知しておりましたので問題ございません」

「うん。私も大丈夫よ」

二人は互いに目配せをして頷いた。

それなら良かった。

「じゃあ、お金はメアリーに預けようかな。またレイドールかコックバイドに行くんだろ？　道中、馬車が盗賊やモンスターに攻撃されたら危険だから、獣人四人衆《ワイルドフォース》の誰かを護衛につけるように」

俺は部屋にあった膨らんだ麻袋をメアリーに手渡した。

「承知いたしました。明朝、ワタシとリリは出ますので、お屋敷の事で何かあればセバスチャンにお伝えください」

「了解だ。それじゃ、二人は今日はもうゆっくり休め。諸々《もろもろ》の召使の雑事は俺がやっておくからさ。な？」

明朝出発するならもう休んだ方がいい。のんびりと夜を明かして、すっきりして明日を迎えるのが賢明な判断だろう。

「……メアリーさん、いいのかな？」

「フローラル様のお言葉に甘えましょう」

「うん！　ご主人様っ、ありがとねー！」

「フローラル様、ありがとうございます」

二人はそれはもう深くお辞儀をしてから部屋を後にした。

残された俺は、食べかけの冷えた食事を口に運び、一人で夜を明かしたのだった。

ちなみに、その後の召使の雑事は皿洗いを行った後、寝る前に屋敷内の照明を確認し、外の正門を施錠して終了となる。

本当は軽い床掃除や水回りの清掃なんかもあったらしいのだが、気を利かせたセバスチャンがひっそりとやってくれていたらしい。

新しい召使がやってきたら、少し騒がしくなるだろうな。

でも、その分もっと楽しくなりそうだ。

教育期間中は大変かもしれないが、独り立ちしてくれれば、メアリーやリリの苦労、心労も減る事だし、今後に備えるのであれば良い判断だったと思う。


明朝。

メアリーとリリは、結局、獣人四人衆《ワイルドフォース》の全員を連れていく事にしたらしく、優雅に馬車を走らせて屋敷から出発していった。

一応、レレーナ作のメッセージプレートを持たせているので、そんなに心配はしていない。それに、何かあってもライチ達がいるなら大丈夫だろう。

リリがはしゃぎ過ぎて迷子になる可能性は否めないが……

彼女達を見送った俺は、セバスチャンに連れられてキャッスル・ヒルへと足を運んでいた。

今はなだらかな丘を登っている最中である。

丘の麓から見て分かったが、侯爵を迎え討った土の砦は既に無くなっており、罠まみれだった不安定な丘はしっかり固められて歩きやすくなっていた。

戦いの痕跡《こんせき》はもう何一つとしてない。

「セバスチャン、もうイザベルの家が完成したのか？」

「ええ。思いのほか、早く完成いたしました。抜かりなくお城のような家を建てましたし、無数の花々を咲かせております。彼女に見せる前に、まずはフローラル様ご自身の目でご覧ください」

セバスチャンは俺よりも少し前を歩きながら、得意げな顔で見下ろしてくる。

かなりの自信があるようだ。

「じゃあ、遠慮なく……」

俺はセバスチャンを追って丘を登っていく。

正直、いくら元気になった土の民といえど、たかが数日で俺の望みを叶えられるのかという疑問はある。

彼らはセバスチャンからの指示で作業しているはずなので、俺が頭で思い描くような幻想的なお城と花畑を作り出せたら大したものだ。

もしもそれが可能ならば、互いの意思を高精度で共有し理解し合えているという事だろう。

つまり、俺が細かな指示や命令を下さずとも、俺の意図を汲み取り物事を実行に移せるという事だ。

俺とセバスチャンの負担が減り、代わりに別の何かに取り組む事が可能とれば、もっと稼ぐ事も夢じゃない。

「……さてさて、ご対面だ」

そうこう考えつつ丘の上に登った俺は、目を剥いて固まった。

驚愕……それ以外の感情が無い。

「綺麗だ」

端的な言葉の中には俺の感動の全てが詰め込まれていた。

オーバーなリアクションなんて必要無い。ただ、目の前の美しい光景に目を奪われる。

「ふふふ」

セバスチャンは満足そうに笑っていた。

得意げになっていた気持ちもよく分かる。

「……」

俺は歩を進める。

小高い丘の頂《いただき》には、大きな建物がそびえ立っていた。

その外観はまさしく御伽話《おとぎばなし》のお城と呼べるもので、尖塔《せんとう》が空へと伸び、石造り風の壁が味わい深い風格を漂わせている。

また、周囲一面には美しい花畑が広がり、色とりどりの花々が風に揺れる様子は、まるで夢の中の光景のようであった。

そして、お城へと続く道は、花で作られた見事なトンネルとなっており、足を一歩踏み出すだけで幻想的な世界へと誘《いざな》われる。

やがてお城の入り口へと近づくと、そこには純白のすずらんの花々がしとやかに飾られていた。

すずらんの花は、清らかで優しい香りを漂わせ、来訪を歓迎してくれているかのようであった。

扉には、額縁に入れられたキャンパスボードが掛けられており、そこには繊細なタッチで描かれたすずらんの絵が描かれている。それは、まるで生花のような柔らかな光を放ち、俺に静かな感動を与えてくる。

このお城とその周囲に広がる花畑は、まさに絵画のような美しさを誇り、時間がゆっくりと流れる特別な場所なのだと即座に感じるほどのものだった。

自然の美しさと人の手による芸術が見事に調和し、そこを訪れる人々に忘れられない思い出を刻むのだ。

「セバスチャン、最高だな」

俺はお城の扉の前で立ち止まる。

土の民……恐ろしい種族だ。もちろん良い意味で。

ゴロンガとは偶然の出会いだったが、本当に仲間に出来てよかった。

「そうでしょう？　特に入り口の絵画が良いとは思いませんか？」

セバスチャンは隣にやってくると、扉からキャンバスボードを取り外して見せてきた。

俺は目を細めて凝視する。

確かに、一目見て良い絵だとは思っていた。

父が所有していたようなプロの絵には劣るような気がするが、よくよく見ると乱れながらも味のあるタッチは何よりも魅力的に思えた。

こんな絵……屋敷に飾ってあったかな？

「……絵は誰が？」

キャンバスボードの右下辺りにサインが記されていたが、それは独特な筆使いで読む事が出来ない。

「そちらはイザベルが自ら描いたものです。ゴロンガが彼女に絵を描くための画材や絵の具、キャンバスボードを渡したみたいですよ。何か趣味を見つけて欲しいという願いでしょうね。互いに侯爵から虐げられていた立場なのでシンパシーを感じたのかもしれません」

絵を描いたのはまさかまさかのイザベルだった。

更に彼女の絵が生まれる要因となったのは、ゴロンガときた。

あの図体からは想像も出来ないくらいの優しさは相変わらず健在のようだ。

「そうか。ありがとう。本当に……素晴らしいよ」

「私は指示を出しただけなので、キャッスル・ヒルのお礼なら土の民に言ってあげてください。狂乱して喜ぶかと思います」

「そうだな……早く、イザベルにも見せてあげたいな」

「精神状態の回復とやらの役に立てるでしょうか？」

「必ず役に立つさ。むしろ、これが大本命だよ。自然の美しさは心を浄化する何よりの薬だと思う」

回復魔法やポーションでもあらゆる傷の治癒が可能だが、記憶に焼き付いて幸せをもたらす事は出来ない。

「……では、これから彼女を連れて参ります。実は近くでお待ちしていただいておりますので、すぐに戻ります」

「ああ。頼んだ」

セバスチャンは俊敏な足取りで緩やかな丘を駆け下りていく。

彼女を待つ間、俺は建物の周辺をぐるりと歩いて回り、丘の上から見える街の景色や遠くに見える小さな屋敷を眺めて心を落ち着かせていた。

少し前まで、こんなのどかな場所で戦いをしていたなんて嘘みたいだな。

結果的には被害を出す事なく勝つ事が出来たけど、土の民の協力やポーション摂取による身体能力の強化がなければ、今頃は全員が斬首《ざんしゅ》されていたか奴隷堕ちだったろうな。

本当に勝ててよかった。

晴れ渡る空の下、キャッスル・ヒルの上で、俺は感傷に浸り時を過ごす。

やがて、セバスチャンはイザベルを連れて戻ってきた。

「目隠し？」

イザベルは真っ白い無機質な仮面の上から、目元に黒い布を巻いていた。

「あっと驚かせた方がより効果に期待が出来るかと思います。私はこれにて退散いたしますので、後はフローラル様のお好きなように……では」

セバスチャンは俺の耳元でそれだけを言い残すと、今度はゆったりとした足取りで立ち去っていった。

残された俺とイザベルが立つ丘の上には、優しい風が吹く。

頬を撫でるような暖かな風は心に平穏をもたらしてくれる。

「イザベル」

花で作られたトンネルの道の真ん中で、俺は彼女の名を呼ぶ。

「……？」

何も説明されずに連れてこられたのだろう。

イザベルは花畑の手前付近に立ち小さく首を傾げていた。

俺は彼女に近寄りその手を取る。

「たくさん、辛い事があったんだよな」

優しく語りかけて、一歩ずつゆっくりと歩みを進める。

花のトンネルを通っていく。

「……いい香り」

イザベルは仮面越しにクンクンしていた。

そんな、うっとりとした声色は初めて聞く。

「きっと気に入ると思う」

俺はイザベルの過去を何も知らない。

ただ、彼女が奴隷の一族の生まれで、きっと侯爵から酷い扱いを受けていたんだろうと推測する事しか出来ない。

それは、初めてリリを泣かせてしまった時もそうだ。レレーナから人殺しだと揶揄《やゆ》された時もそう。ライチに心を開いてもらえなかった時もそう。

最初は誰もが心を開いてくれなくて、俺への不信感を隠そうとしなかった。

だが、今では皆と心を通わせて、主従関係を超えた関係を築けている。

決してイザベルも例外じゃない。

俺は彼女が纏う悲哀な雰囲気を払拭してあげたい。

そして、辛い過去の全てを忘れさせるほどの、楽しい思い出をたくさん作ってあげたい。

きっと、この景色を気に入ってくれると思う。

イザベルの心にかけられた鍵は、この美しい景色を目にすれば開くだろう。

「見てくれ。これはイザベル、君のために用意した景色だ。君の心が再び色を取り戻せるようにね」

トンネルの真ん中で、俺は振り向き彼女の目隠しに手を伸ばす。

はらりと解ける黒い布は、柔らかな風に乗って地面に落ちる。

同時に彼女の瞳が外界に晒される。

彼女は瞳を強く閉じきっていた。突然連れてこられたから困惑しているのかもしれない。

「目を開けて」

俺が優しく声をかけると、イザベルは恐る恐る目を開く。

以前から彼女の瞳には光が差し込まず、影のような闇に支配されていたが、今は違った。

その瞳には確かに色彩豊かな花々と幻想的に佇むお城が映し出されていた。

途端に光を取り戻す瞳は、彼女の心の変化を如実《にょじつ》に表していた。

「っ……」

イザベルはその景色に心を奪われているのか、息を呑んでいた。

言葉にならない。そんな様子が窺える。

それから、イザベルはしばらく無言でその景色を見つめていたが、やがて鼻を啜る音が聞こえてきた。

自然の美しさが、少しずつ彼女の固く閉ざされた心の壁を溶かしていくのを感じる。

「ありがとう」

イザベルは静かに呟く。

「……気に入ってくれたか？」

俺が問いかけると、イザベルは大きく頷いた。

良かった。なんとなく分かる。今の彼女の精神はかなり健常に近しい状態に戻ったような気がする。

凄惨《せいさん》な日々が当たり前になり過ぎていたせいで、誰もが唸る幻想的な景色を見るだけでその心は再起を遂げたのだ。

今しかない。

「仮面、外すぞ」

「え？」

イザベルが驚嘆するのも束の間。俺は彼女の顔を覆い隠す無機質で真っ白い仮面を外した。

彼女の爛れた素顔とはこれで二度目の対面となるが、やはり見ているだけで胸が痛む。

「今からイザベルの全てを俺が治す。もう、酷い扱いを受ける事はないし、傍若無人な支配者に怯える必要は無いんだ」

俺は仮面を投げ捨てると、即座に回復魔法を発動させる準備を整えた。

目から大粒の涙を流す彼女は少し俯きながらも口を開く。

「治……して……」

涙ながらに紡がれた声色は、今にも消えてしまいそうなほどの儚さがあった。

どれほどの苦しみを味わってきたのか、それは俺には分からない。

だが、俺はその傷を治してあげる事が出来る。

「任せろ」

俺は目一杯の魔力を注いだ回復魔法をイザベルの全身にかけた。

暖かな緑色の光は、瞬く間に彼女の事を包み込む。

彼女は淡い光を纏う自身の体の状態を不思議そうに確認しており、少し困惑気味なのかしきりに手足を動かしている。

やがて、イザベルの治療が終わると同時に魔力が優しく弾けた。

そして今度は彼女の首元に手を伸ばし、冷たく重厚感のある首輪に触れると、瞬間的に魔力を込める。

刹那。分厚いガラスにヒビが入るような音が聞こえると、首輪は砕けて地面に落下する。

石畳の上に衝突したそれは粉々になると、どういう原理か砂塵《さじん》のようになり原形を失った。

それはまるで、イザベルが真に解放された事を意味しているかのようだった。

「終わったぞ」

全てを終えた俺は息を吐く。

「これが、わたくし……？」

イザベルは自身の細く白い指先を顔に這わせて驚愕していた。

人為的《じんいてき》に潰されて原形を留めていなかったはずの顔は、すっかり元通りに治っていた。

透過しそうなほどの真っ白い肌の上には、目鼻立ちのくっきりした美しいパーツがある。

目を引く赤い唇に、細く高い鼻筋、やや吊り目気味な大きな瞳には確かな力強さを感じた。

決して、これまでのような奴隷一族の一人として虐げられる者の姿ではなく、今の彼女はシャドーハート家の柵《しがらみ》から解放された、イザベルそのものだった。

レレーナの警告していたような症状もなく、表情や所作《しょさ》には特に問題はなさそうに思える。

「体の具合はどうだ？」

「……分かりません。ですが……あなたの優しさのおかげで、わたくしの心は洗われたような気がいたします。辛かった記憶や死にたいと思う気持ちが嘘のようになくなり……今は、胸が幸せで満たされております」

イザベルは小さく笑っていた。

更に本人は無意識なのだろうが、さっきまでのたどたどしい言葉遣いから一転して、今はか細いながらも透き通るような声色だった。

「そんなに綺麗に笑えるなら、もう大丈夫そうだな」

純真な笑みを見たら安心する事が出来た。

「ええ。ご迷惑をおかけいたしました。主様」

「あるじ？」

聞き慣れない呼び方を耳にして首を傾げる。

「わたくしは貴方様にお仕えする事に決めました。だって、これほどまでにお優しい方はいらっしゃいませんもの」

「優しいって……面と向かって言われると、なんだか照れくさいな」

侯爵との一戦が終わってからの約ひと月もの間、俺は反動で情けなく眠り続けていたので、イザベルとの思い出はそう多くない。

この花畑やお城だって土の民の力があってこそだし、それを命じたのはセバスチャンだ。

「主様が眠っている間に皆様からたくさんのお話をお聞かせいただきましたし、そのお優しい心は理解しているつもりですわ。他にも、ダーヴィッツ家の皆様はお優しい声掛けをしてくださるのみならず、お花や描画などのご趣味まで紹介してくださいました。おかげでわたくしは立ち直る事が出来たのです」

涙ながらに言葉を紡ぐイザベルはとても強《したた》かに凛とした面持ちだった。

丁寧な言葉遣いと静かな声色から、彼女からの敬愛の念が伝わってくる。

「……そっか。良かった」

それ以上の言葉は必要無い。そう思えるくらいに、俺の心は達成感に満ちていた。

己のやるべき、己の出来うる限りの、全ての事柄に取り組む事が出来たと思う。

「うふふふ……」

「なんだよ」

「先の戦いで相見《あいまみ》えていた際から、ずっと主様は張り詰めているように見えておりましたので、今のような気を抜かれた御尊顔《ごそんがん》は中々新鮮だなと感じましたわ」

イザベルは口元に手を当て、それはもう上品な笑みを浮かべていた。

「戦いもそうだし、金策も皆の事も領民の事も……色々と考えてたからな。まあ、今は色々と事が上手く進んで安堵《あんど》の気持ちが大きいよ」

「一安心ですわね」

「そうだな。ところで、この仮面はどうする？　俺が処分するか？」

俺は地面から真っ白い仮面を拾い上げてイザベルに手渡す。

嫌な思い出がたくさん詰まっているだろうに、今は心の安寧《あんねい》を取り戻して傷を癒してあげたからか、どこか感慨深そうな面持ちだった。

結局、数十秒ほどの沈黙の末に、彼女は真っ白い仮面に右手を翳《かざ》して魔法を唱えた。

「わたくしにはもう必要ございませんわ。焼いてしまいましょう」

イザベルの右手から放たれた小さな炎は、無機質な真っ白い仮面を静かに焦がし、灰へと姿を変えさせた。

塵のように細かな灰は、やがて花々のトンネルを吹き抜ける優しい風に乗って地に還る。

同時に、負の螺旋から解き放たれた彼女は目を細めて天を仰ぐ。

その姿は、とても幸せそうに見えた。

もうこれで彼女は、イザベルは完全に自由の身だ。

「俺に出来る事はこれくらいだ。もし、ここでの暮らしが気に入ったのなら、このお城に住んでも構わないし、別の場所で叶えたい夢や会いたい誰かがいるのなら、好きにしてもらって構わない。判断はイザベルに委ねよう。どうする？」

「わたくしは主様の下で生涯を全うしたいですわ。大規模な攻撃魔法やお花の手入れ、描画やお茶汲みなどは大得意ですし、何かお役に立てる事がございましたらお気軽にお申し付けくださいまし」

イザベルは考える間もなく答えてくれた。

少し物騒だが、攻撃魔法を放てるのは他領地への牽制《けんせい》にもなるので有効活用出来そうだ。

「分かった。それじゃあ、改めて……俺はフローラル・ダーヴィッツだ」

「遅くなりましたが改めて……わたくしはイザベル・シャドーハートですわ。これからもよろしくお願いいたしますね、主様っ！」

「ああ」

互いに手を取り合い、固い握手を交わす。

それから、俺とイザベルはお城の中を一緒に見て回り、空が赤く染まるその時まで時間を共に過ごした。

ずっと何気ない会話すら出来なかったからか、そんな些細な時間すらも彼女からすれば幸せだったに違いない。

特に、お城の屋上部分にあるバルコニーから眺める景色は壮大だった。

目を奪われ、言葉を失い、ただ見惚れる事しか出来なかった。

これからは皆と自由に言葉を交わし、好きな場所へ赴き、好きな事をして生きていく事が出来るだろう。

俺の願望だった不労所得の完成と共に、皆の救済が完了し、ダーヴィッツ家には平穏と安泰が訪れるのは間違いない。

イザベルの笑顔が戻った翌朝。

俺は馬の嘶きで目が覚めた。

どうやらメアリー達が帰ってきたようだ。出発してから一週間程度だろうか。

のそのそとベッドを出て軽く身なりを整えると、正門へ向かい彼女らを出迎える。

「ただいま帰還いたしました」

「ご主人様、ただいまー！」

対照的な挨拶をするメアリーとリリだったが、その表情はどちらも溌剌としている。目的は上手くいったようだ。

彼女らの背後では、護衛として同行していた獣人四人衆《ワイルドフォース》が三名の欠損奴隷を馬車から降ろしている最中だった。

皆が全身の至るところに傷を負っており、生半可な過去を過ごしてきていない事が推測される。

「後ろの人達がそうか？」

「はい。食料や衣類は現地調達したので、栄養面や衛生面に問題はございません。持参したポーションの補給も済ませましたので、すぐさま死に至る危険もないかと」

「……最初の頃とは大違いだな」

準備万端な今とは違い、リリ達がやってきた時は行き当たりばったりな対処しか出来なかったのに。

「あっ、それって私達の事？　確かにあの頃はずっと死にたいって思ってたし、皆フラフラになって倒れそうだったもんね。まあ、あの三人も不安そうにはしてるけど……」

「早く治してあげようか。三人の気持ちを落ち着かせたら順に俺の部屋へ連れてきてくれ」

「かしこまりました。では、皆さんはワタシに付いてきてください。リリはお食事の用意を、獣人四人衆《ワイルドフォース》の皆様はお休みいただいて結構です。護衛任務お疲れ様でした」

メアリーは皆に視線を送り的確な指示を出すと、新顔の三名を率いて屋敷へ入っていった。

リリの言う通り、皆揃って絶望的な表情をしている。道中や購入時に詳細な説明をしているとは思うが、それでも信頼の獲得は出来ていない。

改めて、リリやレレーナ、ライチ、ゴロンガや土の民の皆と信頼関係を築けたのは凄まじい奇跡の連続だったのだと分かる。

「フーくん、なんだか懐かしいですね」

護衛任務を解かれたライチが駆け寄ってきた。

他の獣人三名は疲れて草原の上に座り込んでいる。敵襲を警戒しながらの長旅は中々骨が折れるようだ。

「そうだな。ちなみに、他の領地の様子はどうだった？　あれだけの暴挙を働いてきたミストレード侯爵は、さすがに爵位を剥奪されたんだろ？」

武力も権力も持つ侯爵が貴族としての地位を失った事で、近隣領地や関係領地に何か変化が起こるのは確実だった。

「ミストレード侯爵が失脚した事で、これまでに侯爵が犯してきた無数の悪事が明るみに出たのはもちろんの事、共謀していた貴族や加担していた悪徳商人なども芋づる式に罰せられています。そのおかげで徐々に奴隷の流通が減り始めていて、階級による差別や格差が論じられるのも時間の問題といった状態ですね」

「そうだったのか。やっぱり侯爵の影響力は凄かったんだな」

「もちろんです。更に凄いのは、そんな侯爵を打ち破ったボク達への評価が急上昇している事ですかね。フーくんはたった数ヶ月でダーヴィッツ領の全てを一変させた凄腕領主として、巷《ちまた》で話題になってますよ！」

ライチは俺の両手を取り、輝く瞳で見つめてきた。縦横無尽に揺れる尻尾はそんな昂る感情の表れだろう。

あまり実感が湧かないが、凄まじい事を成し遂げたのは揺るぎない事実だ。

それはベンも話していたし、街へ行った時の領民の反応が答えだろう。自分達が生きるために行ってきた数多くの施策《しさく》が、誰かの幸せに繋がっているのだ。

しかし、それは全て俺一人で成し遂げた功績ではない。

「皆がいてくれたからだ。全員が輝いてくれたおかげで、今の俺達があるんだ」

「ボクもそう思います。だから、これからも頑張りましょうね！」

「ああ」

俺が力強く頷くと、ライチは座り込む獣人四人衆《ワイルドフォース》三名の元へ駆け寄っていく。

微笑みを浮かべ声をかけながら、皆に手を差し伸べている。

優しさを振り撒きながらも、ああやってぴんぴんしているライチは規格外だな。

「そうだ……レレーナのところへ行かないとな」

昨日、イザベルの治療と首輪の解除を済ませたが、疲れたからか、安堵の気持ちからか、俺は屋敷に帰るや否《いな》や眠りに落ちてしまっていた。

レレーナにはイザベルの首輪が無事に外れた事を報告しておかなければいけない。

知恵を借りたし、結構心配している様子だったから尚更だ。

レレーナの私室へ向かうと、部屋の扉は開放されていた。

柔らかく涼しげな風が吹き込んでいる。

「レレーナ？」

開け放たれた扉から顔を覗かせると、レレーナは窓際に佇み、そよ風を浴びていた。

鼻唄を口ずさみ、リズムに合わせてゆらゆらと横揺れしている。

「あ、フローラル」

俺に気がついたレレーナは、トコトコと駆け寄ってくる。

「今日は随分とご機嫌なんだな」

「見てこれ」

「……似顔絵か？」

レレーナが胸の前で抱えていたのは、三十センチ四方の小さなキャンバスボードだった。

そこには青髪の少女が描かれており、それは一目でレレーナなのだと分かる。

「イザベルに貰ったの」

「へー……じゃあ、もう首輪の事は知ってるんだな」

「うん。凄く楽しそうにお喋りしてくれた。リボンの自慢もされちゃった」

レレーナはジト目でこちらを見つめてくる。

「時間がある時にでも一緒に店に行こうな」

「当然！」

レレーナは強くそう言った。

前よりもより一層元気になっている。

「外の世界には慣れたか？」

「だいぶ慣れた。でも、まだ歩き過ぎると頭が疲れちゃったりするから、リリとかライチの手を借りてお散歩する事が多い」

「そうかそうか。そう言えば、ゴロンガに荷車を新調していただろ？　あの荷台に乗っても面白いんじゃないか？」

原動機付きの自動で走る荷車を製作していたはずだ。ゴロンガが岩に衝突して吹き飛んでいたので中々にリスキーな乗り物に見えたが。

「試作段階で危険だから乗りたくない」

「ゴロンガはいいのか？」

「ありえないくらい丈夫だから平気だと思う。少し前にもどっかの強いモンスターを素手で倒したみたいだし」

レレーナは飄々としていた。

セバスチャンから始まり、ベン、そしてレレーナと、ゴロンガの頑丈さへの信頼が厚くなっているようだ。

まあ、確かにあいつは強いから心配はいらないような気がする。

「……ならいいんだが。ところで、そのゴロンガはどこにいるか分かるか？」

「知らない。裏の農地とか？」

「行ってみるか」

「何か用事？」

「ああ。オリハルコンの水晶を返そうと思ったんだ。返すのが遅くなったけど、本来の持ち主はゴロンガ達だしな」

ミストレード侯爵との一戦が完全に落ち着くまで保留にしていたが、ようやくそれが終わりを告げた。

一時的に預かっているような形だったので、今日はそれを返すつもりだった。

「確かにそうだね。それならこの袋に入れて持っていって」

そう言ってレレーナは、オリハルコンの水晶と麻袋を手渡してきた。

「ああ、ありがとう」

俺が受け取ったオリハルコンの水晶を改めて見ていると。

「こうして自分の目で見ると……やっぱり綺麗」

確かに綺麗だったが、俺には透明なガラス玉のようにしか見えないし、オリハルコンの水晶だと言われても分からない。

レレーナがいなければ、ゴロンガと出会う事もなかっただろう。

「希少性はかなり高いんだよな？」

「うん。武器や防具、魔道具の材料にも使えるし、鑑賞用としても大人気。今ならはっきり分かるけど、このサイズを所有している事がバレたら、それを理由に侵略されてもおかしくはないと思う」

「……マジ？」

「まじ」

「気をつけないとな。んじゃ、俺はちょっとゴロンガを探しに行ってみる。手放すにしても承諾が必要だしな」

「うん。またね」

レレーナとハイタッチを交わした俺は部屋を後にして裏の農地へと向かった。

オリハルコンの水晶に高い価値があるのは知っていたが、まさか相手が強欲な侯爵じゃなかったとしても侵略戦争が起きかねないほどとは思わなかった。

ゴロンガに伝えてどうするか考えよう。

「……相変わらず賑やかだな」

俺は裏の農地を見回して呟く。

今日は雲一つない快晴だからか、土の民はいつも以上に高いテンションで叫びを上げている。

「……ゴロンガ、ゴロンガ……お、いたいた」

土の民に会釈をしながら道を進んでいくと、何も無い草原の上で佇み空を眺めるゴロンガの姿を発見した。

今日は休日なのか、土汚れが付いていない艶《つや》やかな全身は陽の光で輝きを放っている。

臆病な内面に反して、相変わらずの肉体美と巨体だ。その頑丈さに何度助けられた事か。

「ゴロンガ」

「んぁ？　おお、旦那。どうしたんだべ？」

俺が声をかけると、ゴロンガは腑《ふ》抜《ぬ》けた声で返事をする。

「これを返しに来たんだ」

「……水晶？」

オリハルコンの水晶を受け取ったゴロンガだったが、特に興味や関心を持っている様子はない。

むしろ何も知らないかのような様子だ。

「そうだ。遅くなってすまなかったな。侯爵は失脚したみたいだから、これはもう俺が預かっておく必要も無いだろうし、お前達に返すよ」

「こりゃぁオリハルコンの水晶！　すっかり忘れてたべ！　こんなもんわざわざ返しに来るなんて旦那は相変わらず律儀だなぁ……あの侯爵に渡ってたら二度と返ってこないところだったべ！」

興味や関心がなかったわけではなく、単に水晶の存在を忘れていただけらしい。

「かもな」

「それにしても……あん頃はこんな石ころに夢中になって、一歩間違えば皆を危険に晒しちまうところだったべ」

「無理もない。レレーナから聞いた話になるが、そのサイズのオリハルコンの水晶の価値はとんでもなく高いらしいぞ。所有している事が知られたら、他領地から侵略戦争を仕掛けられる可能性だってあるくらいだとか」

「うぇっ!?　こ、こここ、こんなもんが!?」

ゴロンガはあからさまに動揺の色を見せると、額に汗を滲ませる。透き通る水晶には歪曲《わいきょく》した彼の顔が映し出されている。

「それをどうするかは任せる。売ってもいいし、観賞用として保管しておいてもいいと思うぞ」

売るにしても他のお宝と同列に扱うのは難しいと思うし、その辺りはレレーナに要相談だろう。

侯爵が水晶の所在を喧伝《けんでん》していたらまずいが、あの強欲な侯爵ならば独り占めしようとして誰にも言っていないだろうし、観賞用として密かに保管しておくのがベストだろう。

「……皆、もうこんな石ころに興味なんてないはずだべ」

ゴロンガは視線を横に向ける。

その先には、数々の建築物を建てたり、農地を耕したり、楽しそうに談笑したりする土の民の姿があった。

ストレスフリーな生活を送れているのか、彼らは皆一様に陽気な雰囲気を身に纏い、当初のような暗い顔は一切見られない。

ゴロンガの言う通り、水晶の事なんて誰一人として気にしていないように見えた。

「どうする？　売るならレレーナに話を通しておくぞ？」

俺は尋ねた。

別に急ぐ話ではないが、水晶をじっと見つめるゴロンガは決意を固めたかのように大きく頷いていた。

次の瞬間。

ゴロンガは右の手のひらの上に乗せた水晶を、爽快感《そうかいかん》のある笑みを浮かべながら握り込んだ。

「いんや……こんなもん、もういらねぇべ！」

水晶はガラス玉かのように、跡形もなくバラバラに砕けた。

ゴロンガの手のひらからは血が滲んでいて痛々しく見えたが、当の本人はすっきりした顔つきで頬を緩めている。

「良かったのか？　壊しちゃって」

俺は彼の手のひらの傷を治しながら尋ねる。

「問題ないべ。オイラ達は旦那に出会えた事で全てが救われたんだべ。だから、こんな石ころに執《しゅう》着《ちゃく》する必要ねぇだよ！」

「そっか」

「んだ！」

ゴロンガがそう言うなら俺は余計な口出しをするつもりはない。

むしろ、変にダーヴィッツの名を出して売ったり、用途が無いのに保管しておいたりするよりかは、思いのままに処分してしまった方が良かったかもしれないな。

新たなスタートを切るという意味でも、後腐れなく侯爵との思い出を断ち切るという意味でも。

「話は変わるが、セバスチャンはどこにいるんだ？」

「セバスさんなら……お、ちょうどそこにいるだよ」

ゴロンガは俺の背後を指差していた。

「ん？　おお、ナイスタイミングだな」

「おや、私に何か用事でもございましたか？」

なぜかエプロンをつけたセバスチャンは俺のすぐ背後にいた。

どこから現れたのか分からないが、ちょうど良かった。

「特に用事はないんだが、声くらいはかけとこうかなって思ったんだ」

「左様ですか。てっきり新たな召使となる予定の三名のところにいらっしゃるかと思いました」

耳の早いセバスチャンは既に情報を仕入れているようだ。

「そっちはメアリーとリリに任せてるよ。まあ、見たところかなり外傷が酷かったし、今夜にでも治療を始める事になるだろうけどな」

「私達が再スタートを切ったあの頃と同じですね」

「ああ……リリには逃げられ、レレーナには人殺し扱いされ、ライチは心を閉ざして……一世一代の賭けに出たのに、あの時は大変だったな」

懐かしさを感じるのは皆一緒だった。

死に至るほどの困窮《こんきゅう》はしていなかったが、右も左も分からない状況で次々と行動を起こすのは中々にリスキーだったと思う。

それもこれも、貴族らしい生活を手に入れるためだったが、今ではその目標が達成されたと胸を張って言えるくらいに上手く物事が進んでいる。

「感慨深いものです。土の民が再起したのもそうですが、まさかミストレード侯爵との一戦にまで勝利を収め、更には奴隷として生涯を送る事が約束されていたイザベルの事まで救い出したのですから……フローラル様は誰よりも素晴らしい領主だと思います」

「そうか？」

「ええ。短期間でこれほどまでにダーヴィッツ家の名声を高めた事実は誰もが驚愕する事です」

「そう言ってもらえると嬉しいな」

褒められるとますます頑張りたくなるが、既に金策の礎を築いた今の状況で俺が活発に何かをする必要はなさそうだった。

「……ところで、ゴロンガ。貴方には周辺の街へのポーションと野菜の販売を頼んでいたはずですが、まさかここでサボってまだ何もしてないなんて事はありませんよね？」

咳払いを挟んで、セバスチャンはぼーっと佇むゴロンガを睨みつける。

途端にゴロンガは下手くそな口笛を吹いて誤魔化し始めた。

「す、すまねぇだ……あまりにも良い天気だったもんだから、ついつい……」

舌を出して笑う彼の姿には愛くるしさを覚える。

「はぁぁ……全く、今日のおやつは抜きです」

「なぁ!?」

「今日は地下の厨房で貴方の大好きなドーナツを焼いていたのですが、他の方々に譲る事にします」

「そ、そんなぁ……！」

真面目な顔ながら、楽しげな口振りで断罪するセバスチャンと、真に受けて本気でガッカリするゴロンガのやり取りは微笑ましかった。

二人は俺がいない間にもやり取りを重ねている。

仲の良さは健在だ。

俺はひっそりと二人の元から退散する事にした。

それから、のんびりと屋敷に戻ると、なんの気なしに表の庭の花壇を見に行く。

すると、そこにはイザベルの姿があった。

ジョウロとスコップを手に花と向き合っている。

「……イザベル？」

「あら、主様。御機嫌麗《うるわ》しゅう」

立ち上がったイザベルは軽く膝を曲げてから優雅な身のこなしでスカートをつまみ上げる。

カーテシーと呼ばれるそれは、黒いドレスも相まって様になっているように見えた。

何よりも、真っ白い髪を留めるダークパープルのリボンがよく似合っている。

「花の手入れをしてたのか？」

「ええ。今し方終わったところですわ」

「体調はどうだ？　傷が痛んだり、心に違和感を覚えたりはしないか？」

「問題ございません。むしろ、元気過ぎて困ってしまうくらいですわ」

その場で優雅に回ってみせるイザベルは元気そのものだった。

表情もさる事ながら、身に纏う雰囲気は誰よりも明るい。

「そりゃ良かった」

「主様は何をされておられたのですか？」

距離を詰めてきたイザベルが、目を細めて見上げてきた。

「俺は暇潰しがてら皆のところに顔を出しに行ってたんだよ。ここに来たのは偶然だけどな」

「あら、そうでしたの。こうしてお会い出来るのは喜ばしい事ですわ」

「昨日会ってたくさん話したばかりだろ？」

「わたくしの命の恩人で、一生お仕えしていく殿方ですから……毎日お会いしたいのは当然の事ですわよ」

イザベルは俺の胸から腹にかけて指を這わせると、艶《なま》めかしい潤んだ瞳で見つめてくる。

こういうタイプの大人びた女性はいなかったので新鮮だ。ライチが近しいタイプだろうが、彼女の精神年齢は子供なのでそういう意味では大きく違う。

　今回はきっとからかわれているだけだろう。

「まあ、無理のない範囲で屋敷にも顔を出してくれ。たまには皆で食事でもして交友を深めたいからな」

「ええ。わたくしももっと皆様と仲良くなりたいですし、いつかはお城でダンスパーティを開くのが夢ですの」

「それはいいな！　皆が一斉に顔を合わせる機会なんてそうそう無いし、前向きに検討しようか」

「嬉しいですわぁ！　では、早速皆様の元へ行ってお話をして参りますわね！」

　イザベルは両手でスカートをつまみ上げながら走り去っていった。

　余程、ダンスパーティへの憧れが強いのだろう。

　ああやってやりたい事を自由に求めて、欲求を適度に解放出来る状態は、心が健康である何よりの証拠だ。

　聞いたところによると、彼女は幻想的な世界観や御伽話などが好きらしい。

　そうであれば、大きなお願いではあったが、お城を望んだのも、お城でパーティを開催してみたいのも納得がいく。

　俺としても、ちょうどダーヴィッツ領の象徴となる建造物は欲しかったし、大きな催しは結束力を高める事においても大きな意味がある。

実現するのは少し先になるだろうが、領民を招待して大々的に行うのもありだな。

そのためにはあのお城を改築してより大きくして、街から丘へと続く道なんかも整備しておく必要がある。

生きるために行動するのではなく、こうして興味本位に物事に取り組めるのは以前と大きく違う点だろう。

念願だった不労所得が完成し、現状、危機的な問題点は見当たらない。

今の俺には、以前のように能動的に働き続ける必要が全くないわけだ。

努力の甲斐もあって、貴族らしい生活を謳歌《おうか》する事が出来るし、領民達には危険の生じない安定した暮らしと幸せを提供出来たと思う。


日も傾き始め、そろそろ屋敷に戻ろうかと歩き出したタイミングでメアリーがやってきた。

「フローラル様、早速で申し訳ございませんが……お部屋にいらしてくださいますか？」

予想より少し早かったな。

どうやら三人の欠損奴隷を治療する準備が整ったようだ。

「ああ。状態は？」

「心身ともにあまり芳しくはないかと」

「了解」

俺は二つ返事で自室へと向かった。

まずは、彼女ら三人を治してあげるとしよう。

第八章　不労所得の完成

その日、我がダーヴィッツ家は、領民達を招いたパーティを開催していた。

キャッスル・ヒルの上に立つ壮大なお城が舞台だ。

お城は土の民に協力を仰いで大規模なグレードアップを図っており、更にお城へと続く丘の坂や街から丘への道の整備も行い、煌びやかな装飾をつけたりもした。

街から丘へと続く道には綺麗な石畳が敷き詰められていて、お城へ続く丘の上り坂は緩やかな階段になっている。

夜暗《やあん》の中に点在する街灯の優しい光は幻想的で、ライトアップされたお城が近づいてくるにつれて、ワクワクが増していくのは間違いない。

「緊張してきたな」

俺はお城の最上階の小窓から外を見下ろしていた。

招待状を手にした領民達がお城を目指して歩いてる姿が見える。

ダンスパーティという事もあり、皆が色彩豊かなドレスやらタキシードやらを身に纏っている。

「旦那ぁ～、もうそろそろ始まる時間になるから下に来るようにってセバスさんが……」

胸に手を当て深呼吸をしていると、部屋にゴロンガがやってきた。

もうそんな時間か。もう少し落ち着く時間が欲しかったが、会場へ向かうとしよう。

「ゴロンガはもう準備はバッチリなのか？」

俺は下へと続く階段を下りながら、前を歩くゴロンガに尋ねる。

「見ての通りだべ！　似合うべか？」

「普段のワイルドな姿も似合っているが、今みたいな晴れやかな盛装姿もカッコいいぞ」

「ぐふふふふっ……旦那から褒められると嬉しいべ……」

ゴロンガは後ろ向きのまま器用な足捌きで階段を下りており、それはもう嬉しそうに口角を上げている。

やがて、階段を下りて一階に到着すると、そこにはセバスチャンが一人で佇んでいた。

ここは下段にあるホールとは幕で隔てられた半円形のステージ上だ。てっきり見知った面々が揃い踏みしているもんだと思っていたが、蓋を開けてみればセバスチャンの姿しかない。

ただ、薄い幕の向こうからはざわざわと騒がしい声が聞こえてくる。

たくさんの領民達が参加してくれているようだ。

「セバスさん、旦那を連れてきたべ！」

「ありがとうございます。もう行っても構いませんよ」

「んじゃ！　オイラはこれで！」

ゴロンガはそれだけ言うと、スキップを踏みながら出て行った。

「あいつはどこに行ったんだ？」

「パーティに参加するためにホールへ向かいました。給仕はメアリー達が担ってくれておりますので、彼のみならず他の方々の今日の役目は一領民として全力でパーティを楽しむ事です」

どうやら、皆揃って領民達が待つホールへと向かったようだ。

ここに誰の姿も見当たらないのはそういう事だったのか。

「そっか」

「準備はよろしいですか？」

「問題ない。始めようか。幕を上げてくれ」

俺が頷くと、セバスチャンは一つ指を鳴らしてステージの端へと避けた。

そして、ゆっくりと幕が上がり、領民達の歓声が聞こえてくる。

「……」

ステージ上から見渡すホールには煌びやかな光景が広がっていた。

広大なホールの天井には、無数のシャンデリアが煌めき、星空のように輝きを放っている。

柔らかな光が床に映り込み、まるでダイヤモンドの粉が散りばめられたかのようだった。

壁には大きな絵画が掛けられ、そこには俺の顔が堂々と描かれている。

ホールの中央には、大きな噴水があり、水面に跳ねる滴《しずく》の音が心地よく、緊張した心を整えてくれる。噴水の周りにはイザベルが選定した色とりどりの花が咲き誇り、その香りがホール全体に漂う。

また、テーブルには豪華な料理が並び、銀の食器が輝きを放っている。キャンドルの灯りが揺れ、料理の香りが人々の食欲をそそる。シャンパンの泡がグラスの中で弾け、人々はその一瞬の美しさに心を奪われる。

この幻想的な夜のダンスパーティは、お城の一階フロアをまるで別世界のように変えていた。

まさに夢の国。夢の世界。御伽話の中。誰もが夢見る場所のようだ。

数ヶ月前までは没落寸前だったダーヴィッツ家が、まさかこんなパーティを開けるようになるなんて感涙《かんるい》ものだ。

「本日はご足労いただき誠にありがとうございます。領主のフローラル・ダーヴィッツです。この度は領民の皆様への感謝を込めて、ささやかながらこういった場を設けさせていただきました。どうぞ、ごゆるりと楽しんでください。また、何かお困り事がある方は、お気軽にお近くの召使へお声がけください。では、始めましょう。——乾杯」

俺は涙を我慢しながら言葉を紡ぎ、最後はグラスを天に掲げる。

同時に、別の場所に待機してもらっていた楽団が音楽を奏で始め、フロア全体には立体的な音が響く。

領民達のみならず、そこに交ざるゴロンガやベン、獣人四人衆《ワイルドフォース》の面々も、リズムにノッて笑顔を見せているのが分かる。

パーティの始まりだ。

「……ふぅ」

一つ息をついた俺はステージの隅に設けられた席に腰掛けた。

目の前のテーブルにある食物を適当につまみながら、楽しげなパーティの雰囲気を堪能していく。

ふとホールに目をやると、メアリー率いるメイド達が忙しなく働いている姿が見えた。

土の民も手伝いをしてくれているらしい。

大変そうだが、その表情は生き生きとしている。

また、ゴロンガとベンはたくさんの領民と顔見知りらしく、楽しそうに談笑しており、それはライチ率いる獣人四人衆《ワイルドフォース》も同様だった。

双方、これまでに色々な人助けをしてきたのだろう。会う人会う人から頭を下げられている。

俺が知らないところで皆が努力を続けてきた結果だな。

そんな中、イザベルとレレーナの姿が見当たらなかったが、なんの気なしに背後を見ると、そこにはレレーナが佇んでいた。

「フローラル」

レレーナは俺の隣に腰を下ろす。

あまり浮かない表情だった。

「楽しんでるか？」

「……うん」

「具合でも悪いのか？」

せっかく空色の綺麗なドレスを着ているのに、どうしたのだろうか。

「違う……ただ、こういう空気に慣れてなくて、誰と何を話したらいいか分からないの」

「あまり気負う必要はないと思うけどな」

「そうかな」

「レレーナと話をしたい人はたくさんいるからな。ほら、視線を感じるだろ？」

「フローラルの事を見ているだけじゃない？」

悲観的なレレーナは俯きがちになるがそんな事は無い。

俺も注目を集めているが、レレーナもまた同じく至るところから視線を浴びている。

「違う。例えば、奥にいる髭のおじさんはお宝販売会で鉱石を買ってくれた商人だし、その近くにいる女性は最近うちに移り住んできたいいところの令嬢で、彼女もお宝販売会で宝石を買ってくれていただろ？」

日を追うごとに他領地からの移住者がかなり増えているのは良い事だ。

「……うん。覚えてる」

レレーナは以前と変わらず心の色が見えるので、一目で彼らの事を思い出したようだ。

「まあ、もしもいきなり話すのが怖いなら、手始めに話しやすそうな人に声をかけてみるといい」

「話しやすそうな人？」

「ああ。例えば……あそこにいる女の人とかな」

俺が指を差した先には見知った女性がいた。

少し前に一度会っただけだったが、人当たりが良さそうだったので覚えている。

「知り合い？」

「街のアクセサリーショップの店員さんだよ。イザベルのリボンを売ってくれた人だ。気になるだろ？」

「気になる……行ってみてもいい？」

「おう。行ってこい」

「うん。ありがとっ」

　レレーナはステージを下りて、一直線に女性の店員さんの元へ駆けて行った。

　向こうもまたこちらを見ていたのか、レレーナの事を笑顔で迎えて話しかけていた。

　そして、レレーナは店員さんと少し会話を交わすと、今度はたまたま近くを通りがかったリリとライチを捕まえて、何かを耳打ちしているようだ。

　三人はジェスチャーを織り交ぜながら盛り上がりを見せている。

　何を話しているのか分からないが、時折三人の視線がこちらに向けられているので、俺が関係しているのだろう。

　リボンとかアクセサリーとかそういう話をしているのかもしれない。

　欲しそうな顔で見られているし、今度連れていってやるか。

「レレーナは大丈夫そうだな」

　俺は盛り上がる彼女らのやり取りを微笑ましく見守る。

　その間、イザベルが意気揚々とドレスを靡《なび》かせてホールを回っていたが、途中でライチに捕らえられて連行されていた。

　女性の店員さんの前でリボンを取られ、皆に囲まれて問い詰められている。

　リリもライチもレレーナもイザベルも、そしてゴロンガとベンも……メイドであるメアリー達も、皆が笑顔で楽しそうにしてくれている。

領主としてこれほど喜ばしい事は無い。

「幸せだな」

俺はグラスを呷り立ち上がると、テンションを高めて皆の元へ向かった。

また明日からはいつものような何気ない生活に戻る事にはなるが、念願の不労所得が完成して優雅な暮らしを手に入れる事が出来たのだ。今日くらいは、招待状を見て集まってくれた領民達と思い切り楽しませてもらおう。

そこに身分の差や主従関係なんてない。

貴族らしい生活と貴族らしからぬスタイルを渇望《かつぼう》した結果、俺はこうして自分が求める姿を手に入れる事が出来たのだ。

これからも不労所得が完成した事による自堕落な生活に甘んじる事なく、領民や仲間の要望を聞き入れながらダーヴィッツ家を発展させていくつもりだ。

月が導く異世界道中
Tsukiga Michibiku Isekai Dochu
あずみ圭
Azumi Kei
1~20
8.5
シリーズ累計
420万部の超人気作!
(電子含む)
TVアニメ第3期
制作決定!!
1~20巻
好評
発売中!!
コミックス
1~14巻
好評発売中!!
illustration:マツモトミツアキ
月が導く異世界道中
あずみ圭
薄幸系男子の
成り上がり
ファンタジー、
開幕!
なんでだろう
親の都合で
異世界へ
第5回アルファポリス
ファンタジー小説大賞
読者賞受賞作!
待望の
書籍化!
異世界へと召喚された平凡な高校生、深澄真。彼は女神に「顔が不細工」と罵られ、問答無用で最果ての荒野に飛ばされてしまう。人の温もりを求めて彷徨う真だが、仲間になった美女達は、元竜と元蜘蛛!?とことん不運、されどチートな真の異世界珍道中が始まった!
▶3期までに◀
原作シリーズも
チェック!
20巻 定価:1430円(10%税込)
1~19巻 各定価:1320円(10%税込)
漫画:木野コトラ
【B6判】
月が導く異世界道中
1
あずみ圭
木野コトラ
強制召喚
ぼっち
人外まっしぐら
シリーズ累計
29万部
とことん不運、されどチート!!
薄幸系主人公の異世界放浪記、コミカライズ第1巻!!
14巻 定価:770円(10%税込)
1~13巻 各定価:748円(10%税込)

辺境テイマー師弟のワケありもふもふファンタジー！

従魔を一匹もテイムできず、とうとう冒険者パーティを追放された落ちこぼれ従魔術師のラーハルト。それでも従魔術師の道を諦めきれない彼は、辺境で従魔の引き取り屋をしているという女従魔術師、ツバキの噂を聞きつける。必死に弟子入りを志願したラーハルトは、彼女の家で従魔たちと暮らすことになるが……畑を荒らす巨大猪退治に爆弾鼠の爆発事件、果ては連続従魔窃盗事件まで、従魔絡みのトラブルに二人そろって巻き込まれまくり!?

◉定価：1430円（10%税込）◉ISBN 978-4-434-34061-1

◉Illustration：満水

自由を求めた第二王子の勝手気ままな辺境ライフ

著 おとら

辺境への追放は…実は計画通り!?

これからはまったり自由に暮らします

シュバルツ国の第二王子クレスは、ある日突然、父親である国王から、辺境の地ナバールへの追放を言い渡される。しかしそれは王位争いを避けて、自由に生きたいと願うクレスの戦略だった！　ナバールへ到着して領主になったクレスは、氷魔法を使って暑い辺境を過ごしやすくする工夫をしたり、狩ってきた獲物を料理して領民たちに振る舞ったりして、自由にのびのびと過ごしていた。マイペースで勝手気ままなクレスの行動で、辺境は徐々に活気を取り戻していく!?　超お人好しなクレスののんびり辺境開拓が始まる——！

◉定価：1430円（10%税込）　◉ISBN 978-4-434-33767-3

◉illustration：ゆのひと

発売元：株式会社星雲社（共同出版社・流通責任出版社）
〒112-0005 東京都文京区水道1-3-30
TEL 03-3868-3275
装丁・本文イラスト－[illegible]
装丁デザイン－AFTERGLOW
印刷－[illegible]

価格はカバーに表示されてあります。
落丁乱丁の場合はアルファポリスまでご連絡ください。
送料は小社負担でお取り替えします。

ISBN978-4-434-34193-9 C0093